AF539753

एक सफर
हमसफर के साथ...

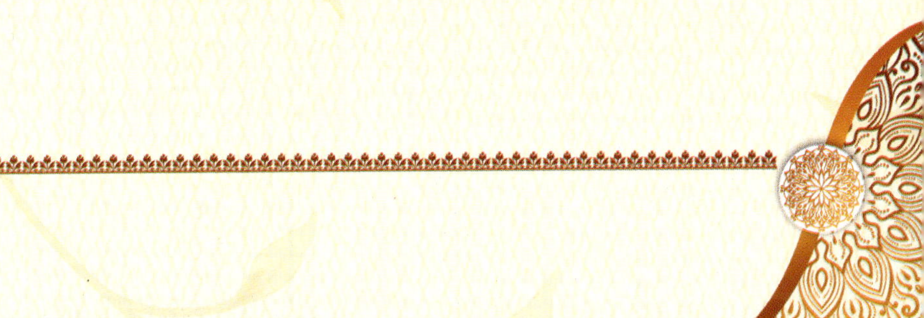

एक सफर हमसफर के साथ...

अर्जुन राम मेघवाल

प्रभात प्रकाशन

प्रकाशक • **प्रभात प्रकाशन प्रा. लि.**
4/19 आसफ अली रोड,
नई दिल्ली-110002
सर्वाधिकार • सुरक्षित
संस्करण • 2023 (प्र.प्र. द्वारा प्रथम)
मूल्य • चार सौ रुपए
मुद्रक • आर-टेक ऑफसेट प्रिंटर्स, दिल्ली

EK SAFAR HAMSAFAR KE SATH...
by Shri Arjun Ram Meghwal ₹ 400.00
Published by Prabhat Prakashan Pvt. Ltd., 4/19 Asaf Ali Road, New Delhi-2
e-mail: prabhatbooks@gmail.com ISBN 978-93-90372-54-6

मम व्रते ते हृदयं दधामि मम चित्तमनु चित्तं ते अस्तु।
मम वाचमेकमना जुषस्व प्रजापतिष्ट्वा नियनक्तु मह्यम्॥

हे जीवन-संगिनी! प्रभु ने हम दोनों को एक-दूसरे के लिए ही बनाया है। अत: मेरा हृदय तेरे हृदय के अनुकूल हो, मेरा चित्त तेरे चित्त के अनुकूल हो। मेरी वाणी तेरी वाणी के अनुकूल हो और हम दोनों का मन परस्पर मिला हुआ रहे।

अपनी बात

किसी भी मनुष्य के जीवन में विवाह की वेला अपने आप में सुख के विचार को संचरित करनेवाली होती है और यदि विवाह के पचास वर्ष पूर्ण होने का अवसर हो तथा कोई व्यक्ति अपनी इस वैवाहिक जीवन की यात्रा को पीछे मुड़कर देखता हो व उस यात्रा में कुछ सुखद पड़ाव उसको नजर आते हों तो स्वयं के जीवन में सुख की अनुभूति होना स्वाभाविक है। इस अनुभूति को जब व्यक्ति समाज में बाँटने की सोचता है तो निश्चित रूप से यह पल भावी पीढ़ी को सुखमय जीवन जीने की प्रेरणा देनेवाला होता है। इसी विचार के साथ मैंने यह निश्चय किया कि विवाह के पचास वर्ष पूर्ण होने पर मैं अपनी धर्मपत्नी को एक ऐसा उपहार दूँगा, जो अपने आप में एक अलग महत्त्व रखता हो, आत्मिक सुख देनेवाला हो और भावी पीढ़ी को प्रेरणा देनेवाला हो। मैं यहाँ उल्लेख करना चाहूँगा कि हमने कभी भी विवाह की वर्षगाँठ नहीं मनाई और न ही कभी मेरी पत्नी ने यह जिद रखी कि हमें विवाह

की वर्षगाँठ का उत्सव मनाना चाहिए। फिर भी कभी-कभी हम बुद्ध पूर्णिमा के दिन कुछ व्यंजन बनाकर बच्चों के साथ आनंद ले लिया करते थे तथा 12 मई, 1968 के दिन को याद कर लेते थे।

जब हमारे विवाह के 25 वर्ष पूर्ण हुए तो उस समय मेरी नियुक्ति श्रीगंगानगर में थी। यह वर्ष 1993 का बुद्ध पूर्णिमा का दिन था। हम श्रीगंगानगर में ही आयोजित एक वैवाहिक वर्षगाँठ के कार्यक्रम में सम्मिलित हुए थे। वह दिन मुझे याद है, हम स्कूटर से उस समारोह में सम्मिलित होने के लिए गए थे। मैं स्कूटर चला रहा था और मेरी पत्नी पीछे बैठी हुई थी। मेरी धर्मपत्नी ने पूछा कि हम किसके विवाह की वर्षगाँठ में जा रहे हैं तो मैंने कहा कि जयपुरियाजी के विवाह की 50वीं वर्षगाँठ के आयोजन में सम्मिलित होने जा रहे हैं तो उन्होंने स्कूटर के पीछे बैठे-बैठे कहा कि 'आज आपाँरा ब्याह रा 25 वर्ष पूरा कोनी हुया कईं' तो मैंने प्रत्युत्तर में कहा कि 'हाँ, आज हमारे विवाह को 25 वर्ष पूर्ण हो गए हैं' तो उन्होंने कहा कि 'आपाँ आपाँरै ब्याह री 25वीं वर्षगाँठ कोनीं मनावा कईं'। स्कूटर चल रहा था, सड़क सुनसान थी और तेज हवाएँ चल रही थीं। उसी समय मैंने अपनी पत्नी व अपने आप को यह वचन दिया कि 'आपाँ 25वीं वर्षगाँठ कोनीं मनावाँ, 'आपाँ तो विवाह री 50वीं वर्षगाँठ मनावाँ'। इस पर पाना देवी ने तपाक से जवाब दिया कि 50वीं वर्षगाँठ तक 'आपाँ जिंदा रैवाँ ओ आपाँनै थोड़ी ठा पड़े है'। फिर भी मैंने कहा कि 'आपाँ 50वीं वर्षगाँठ मनावाँ'। विवाह के 25 वर्ष पूर्ण होने के अवसर पर वर्ष 1993 से मुझे हर वर्ष बुद्ध पूर्णिमा का दिन याद आता रहा और समय बीतता गया। मेरे मन में एक बार यह भी विचार आया कि क्या जरूरत है, जब आज तक ही विवाह का उत्सव नहीं मनाया, लेकिन दिल की गहराइयों से यह भाव आया कि वर्ष 1993 में बुद्ध पूर्णिमा के दिन श्रीगंगानगर में स्कूटर पर चलते हुए चंद्रमा की रोशनी में धर्मपत्नी को

एक वचन दिया था, उस वचन की पालना मुझे करनी चाहिए। इस भाव को स्वीकारते हुए, समझते हुए मैंने यह निर्णय लिया कि मैं अपने विवाह की 50वीं वर्षगाँठ अवश्य ही मनाऊँगा, लेकिन दिल में यह भाव जरूर आया कि जैसे लोग वरमाला के माध्यम से एवं बहुत बड़े जश्न व भीड़ की उपस्थिति में विवाह की वर्षगाँठ मनाते हैं, उससे परे अलग ढंग से इस उत्सव का आयोजन होगा। यह चिंतन-मनन-मंथन की प्रक्रिया वर्ष 2017 की बुद्ध पूर्णिमा से ही लगातार चल रही है।

मैं यह मानता हूँ कि चिंतन-मनन में एक बड़ी ताकत होती है और जब इस प्रक्रिया में सात्त्विक वृत्ति जुड़ जाती है तो विचारों की गूढ़ता के बाद एक सुंदर विचार जन्म लेता है। इसी शृंखला में मेरे मन में एक विचार आया और यह निर्णय लिया कि ऐसे 50 विवाहित जोड़े, जिन्होंने अपने वैवाहिक जीवन के 50 या अधिक वर्ष पूर्ण कर लिये हों तो उनकी उपस्थिति में मैं उनका आशीर्वाद प्राप्त कर सकूँ और उनके अनुभवों को सबके साथ साझा कर सकूँ। 50 जोड़ों का चयन देश के विभिन्न स्थानों व विभिन्न समुदायों से किया जाए। इस समारोह में सामाजिक एकता और भारतीय संस्कृति की झलक हो। इस विचार के साथ-साथ मैंने यह भी निर्णय किया कि मैं अपनी पत्नी को महँगी साड़ी या सोने की कोई वस्तु भेंट नहीं करूँगा। मैंने किशोरावस्था से लेकर पाना देवी के साथ जो 50 वर्ष का जीवन व्यतीत किया है, उसके आधार पर उनके व्यक्तित्व एवं कृतित्व से संबंधित एक पुस्तक ही उनको भेंट करना चाहता हूँ। इस विचार को मेरे साथ रहनेवाले लोगों ने सराहा और आगे बढ़ने के लिए प्रेरित किया।

आज मैं अपने मकसद में सफल होता नजर आ रहा हूँ। मेरे विवाह के 50 वर्ष पूर्ण होने पर मैं अपनी धर्मपत्नी को अपने जीवन की यात्रा में घटित कुछ संस्मरणों से संबंधित एक पुस्तक भेंट कर रहा हूँ। यह भावी पीढ़ी को एक ओर तो प्रेरणा देगी ही, वहीं दूसरी

ओर विपरीत परिस्थितियों में और जीवन के उतार-चढ़ाव के बावजूद सुखमय वैवाहिक जीवन को कैसे जीया जा सकता है, उसके बारे में ज्ञान प्रदान करेगी। यह जरूरी नहीं है कि किसी का अच्छे घराने में विवाह हो जाए तो वह सुखी होगा और यह भी जरूरी नहीं कि किसी को बहुत बड़ा पद मिल जाए अथवा कोई बहुत पढ़-लिख जाए तो सुखी हो सकता है।

13 फरवरी, 2019 को 16वीं लोकसभा के सत्र का अंतिम दिन था। उस दिन काफी देर तक लोकसभा सदन में ही श्रीमती सुषमा स्वराज से वार्त्ता हुई। उसमें उन्होंने मेरे द्वारा लिखित पुस्तक का भी जिक्र किया एवं प्रशंसा की और कहा कि अर्जुनजी, आपकी पुस्तक जो आपने अपनी पत्नी को समर्पित की है, उसको यू.एस. जाते समय मैंने पूरा पढ़ लिया है और उसमें आपका एक चैप्टर 'हमारी कुछ चीजें साथ-साथ' अपने आप में अद्भुत है तथा स्वाभाविक प्रेम को दरशाने वाला है। नई पीढ़ी को भी आपकी इस पुस्तक के अन्य चैप्टरों के साथ इस चैप्टर को ज्यादा पढ़ना चाहिए। श्रीमती सुषमा स्वराज अब हमारे बीच नहीं हैं, लेकिन उनके द्वारा कही गई बातें और दी गई प्रेरणा या सीख हमारे दांपत्य जीवन का वर्षों तक मार्ग प्रशस्त करती रहेगी।

हैप्पीनेस इंडेक्स एक अलग पैमाना है, जिसको बढ़ाना भारत के नागरिकों की आज की आवश्यकता है। यदि हम यू.एन.ओ. की रिपोर्ट के अनुसार हैप्पीनेस इंडेक्स के आँकड़ों को देखें तो 156 देशों में भारत का स्थान 133वाँ है। यह भारतीयों के हैप्पीनेस इंडेक्स की ठीक स्थिति नहीं है, इसको सुधारना आज की महती आवश्यकता है। मेरी यह इच्छा है कि इस कार्यक्रम एवं पुस्तक की गूँज भारत के विभिन्न भागों में अवश्य ही सुनाई दे। मैं भावी पीढ़ी से यह आशा करता हूँ कि वह सुखमय जीवन को जीते हुए, हैप्पीनेस इंडेक्स को आगे बढ़ाते हुए अपने परिवार, समाज एवं देश के उन्नत मार्ग को

प्रशस्त करे। प्रस्तुत है, आपके पठन के लिए यह पुस्तक 'एक सफर हमसफर के साथ'। साथ ही मेरी यह भी विनती है कि पुस्तक को पढ़कर अपनी प्रतिक्रिया जरूर दें।

धन्यवाद।

—अर्जुन राम मेघवाल

"A Man asked Lord Budha, 'I want happiness.'
Lord Budha said first remove 'I' that's ego.
Then remove 'want' that's desire. See now
you are left with only 'Happiness'."

अनुक्रम

नए परिवेश, फिर भी सहज समावेश

वर्ष 1967, मैं सातवीं कक्षा में पढ़ रहा था तो बीकानेर के पास आंबासर गाँव में मैं एक विवाह में गया हुआ था। वहाँ नाल गाँव से एक महिला श्रीमती अणची देवी भी आई हुई थीं, उन्होंने मेरी बुआ के घर मुझसे काफी सवाल-जवाब किए तथा मेरे बारे में काफी जानकारियाँ प्राप्त कीं। जब मैंने बुआ से पूछा कि यह महिला मेरे बारे में इतनी जानकारी क्यों कर रही है, तो बुआ ने कहा कि अपनी लड़की के लिए तुझे देखने आई हुई हैं, उसके बाद उन्होंने नाल जाकर बात की होगी। तब उनके पुत्र रूघारामजी की पत्नी मुझे किशमीदेसर में देखने आई और उस समय मैं मोहल्ले में कंचे

खेल रहा था तो उन्होंने तपाक से कहा कि 'ओ टाबर तो मासूम है।' इस पर वहाँ खेल रहे बच्चों ने बताया कि 'त'न देखण रै वास्ते आवड़ा है।' किंतु श्रीमती अणची देवी ने मुझे समझदार माना और रिश्ता तय किया। इसमें बड़ी भूमिका मेरे नत्थूसर वाले फूफाजी भोमारामजी ने निभाई तथा चौथी बुआ ने पाना देवी की तारीफ करके मेरी दादी से हाँ करवा ली। इस तरह मेरा वैवाहिक संबंध पक्का हुआ।

12 मई, 1968 का दिन, बुद्ध पूर्णिमा थी, जिसको आम बोलचाल की भाषा में 'पिपलिया पूनम' कहते हैं। किशमीदेसर से एक बारात ऊँटगाड़ी एवं बैलगाड़ी के अलावा एक बस के साथ जब नाल गाँव पहुँची तो गाँव के मेघवाल (धर्टों) मोहल्ले में कुछ लोग सेवा-चाकरी में लग जाते हैं। श्रीमती अणची देवी आरती की थाली लेकर आईं और आरती करने लगीं।

रात्रि में पाणिग्रहण संस्कार संपन्न होता है। पाणिग्रहण संस्कार का कार्यक्रम काफी लंबा चलता है और प्रात:काल सीख दी जाती है। 13 मई को एक समठाणी का कार्यक्रम भी संपन्न होता है। 13 मई को ही वापसी में बारात नत्थूसरबास रुकती है। आते समय हम बैलगाड़ी से आए। 14 मई, 1968 को किशमीदेसर, मेघवालों के मोहल्ले में नई-नवेली दुलहन के रूप में पाना देवी का प्रवेश होता है। नाल से साथ में कोई महिला भी आती है, जिनका नाम चुन्नी देवी था। ससुराल के रीति-रिवाजों के बारे में इनको जानकारी दी जाती है। देवताओं के फेरी लगाने का कार्यक्रम होता है। जब गोरेजी के कुएँ पर भैरोंजी के मंदिर में धोक देने गए तो वहाँ लोगों ने कहा कि एक फेरी पत्नी को उठाकर दी जाती है। पहली बार इस तरह का एक अलग ही अनुभव था और पाना देवी को गोद में उठाकर फेरी का संकल्प पूरा किया तथा रामदेवजी के मंदिर में फेरी लगाई गई। मेरे ननिहाल उदयरामसर और पत्नी के ननिहाल भीनासर में भी देवताओं के फेरी लगाने का रीति-रिवाज संपन्न हुआ।

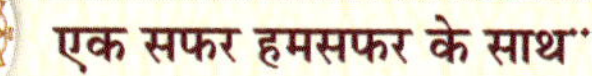

किशमीदेसर में पाँची बुआ ने पाना देवी का मानो साक्षात्कार लिया और पूछा कि क्या-क्या काम आता है? खाना बनाना आता है? बुनाई का काम आता है? और क्या लूगड़ा सिलना आता है? पशुओं को चारा डालना आता है? खेत में काम करना आता है? इस साक्षात्कार से बुआ को पता चला कि इन्हें बुनाई का काम तो नहीं आता, पर खाना बनाने में रुचि है। आरंभ में ससुराल में मन नहीं लगने के कारण दादी सासू ने चूरमा बनाकर दिया तो वह भी उन्हें पसंद नहीं आया। इसके बाद पाना देवी एक दिन के बाद वापस नाल (पीहर) प्रस्थान करती है। दो-तीन महीने बाद पिताजी के कहने पर मैं नाल जाता हूँ और पत्नी को लेकर किशमीदेसर आता हूँ, जोकि पाना देवी के लिए बिल्कुल नया परिवेश था।

यद्यपि हम पाना देवी की पारिवारिक पृष्ठभूमि की बात करें तो उनके पिताजी रेलवे में गैंगमेन के रूप में सरकारी कर्मचारी थे। उनके एक भाई रूघारामजी व पन्नालालजी भी रेलवे में कार्यरत थे। कुल 6 भाइयों में एकमात्र बहन पाना देवी थी। इसी वजह से परिवार में बहन को लेकर सहज रूप से विशेष लगाव भी था। पाना देवी की माताजी का चूँकि अन्य समाजों में आना-जाना होता था, इसलिए उनका लगाव एक ही बेटी होने के नाते ज्यादा समझ में आता था। इसलिए पाना देवी की माताजी कभी-कभी किशमीदेसर आकर देखती थीं कि मेरी बेटी कैसे अपने सुसराल में रह रही है। कभी-कभी रेलवे वर्कशॉप से भाई भी आकर देखते थे कि उनकी बहन कैसे रह रही है। उसे कोई तकलीफ तो नहीं है और उसने अपने घर को ठीक से सँजोए तो रखा है?

इस बीच वर्ष 1968 से 1970 के बीच का कालखंड इसी तरह से बीतता गया, लेकिन नाल का परिवेश नौकरी करनेवालों का रहता है और किशमीदेसर का परिवेश बुनाई के काम-धंधे में क्लाइमैक्स वाला रहता है। उस समय किशमीदेसर में हमारे घर में दो पिटलूम थे, जिसके द्वारा नीचे गड्ढे में पैर रखा जाता था तथा बैठकर बुनाई का काम किया जाता था,

जिसमें विशेष रूप से आसन और कंबल बुने जाते थे। तीन हैंडलूम भी घर में थे और उसमें कोटिंग का कपड़ा बुना जाता था, उसको बुननेवालों में आंबासर गाँव के मेरी बुआ सोनी बाई के बेटे सुरजाराम भी थे। वे सब लोग घर पर रहकर ही बुनाई का काम करते थे। दूसरे गाँव के ही केसराराम थे, जो प्राय: हमारे ही घर में रहते थे और बुनाई का काम करते थे। मुझे भी चार-पाँच घंटे के लिए पिटलूम और हैंडलूम दोनों पर कार्य करना पड़ता था। पिताजी के साथ मेरे द्वारा बुनाई का कार्य पिटलूम पर किया जाता था, इसलिए कहा जा सकता है कि बुनाई का काम बहुत जोरों पर था। पिटलूम के लिए हमें ऊन बीकानेर के कोटगेट से प्राय: पैदल लानी पड़ती थी। माल बुनकर आसन और कंबल के रूप में बड़े बाजार में सुराणा परिवार (नागौरी) के यहाँ बेचने जाना पड़ता था। जो हैंडलूम के काम से माल उत्पादित होता था, उसको किशमीदेसर ऊनी खादी-कताई एवं बुनाई सहकारी समिति लिमिटेड, चौरड़ियों का चौक गंगाशहर में जमा कराने के लिए जाना पड़ता था, जिसको जॉब वर्क कहते हैं। ऊन समिति से लाई जाती थी और बुनकर के द्वारा उत्पादित माल समिति में पुन: जमा कराया जाता था। इस बुनाई के काम के अलावा हमारे घर में प्राय: दो-तीन गायें रहती थीं, क्योंकि दादाजी को गाय पालने का बड़ा शौक था और उनकी नियमित सेवा करते थे। गाय-बछड़ों का घर में होना स्वाभाविक था, इसके साथ आंबासर व किशमीदेसर की रोई में एक-एक खेत था। खेती हम खुद करते थे। इसलिए दो-तीन महीने चौमासे में खेत का काम हमें ही करना पड़ता था। एक साथ इतनी सारी जिम्मेदारियों को निभा पाना बड़ा ही मुश्किल कार्य था।

बचपन में विवाह माँ-बाप के लिए सामाजिक जिम्मेदारी से मुक्ति का उत्सव हो सकता है, लेकिन जिसका विवाह कम उम्र में हो जाता है, उसके लिए यह एक अचरज भरा अनुभव होता है। जीवन की शुरुआत में कुछ अनबन भी हो जाए तो उसे वापस पटरी पर लाने में बड़ी कठिनाई होती है।

कमोबेश ऐसी परिस्थितियों में मैंने अपना दांपत्य जीवन शुरू किया, लेकिन दांपत्य जीवन क्या होता है, इसकी जानकारी मुझे नहीं थी। ऐसे में यदि मेरी पत्नी का मुझे सहयोग नहीं मिलता तो हम रास्ता भटक भी सकते थे और आगे चलकर गृहस्थी को ठीक करने में बहुत कठिनाइयाँ आ सकती थीं, लेकिन विचार सात्त्विक होने से जीवन में ऐसी परिस्थितियाँ आई ही नहीं। दांपत्य जीवन के प्रारंभिक दिनों में मेरी दादी और माँ का सहयोग इस तरह से रहा कि धर्मपत्नी को सँभालने में आसानी रही। पीहर पक्ष में इनकी माँ का सहयोग काफी सकारात्मक रहा। मेरी सासू माँ गृहस्थी की सीख बराबर पाना देवी को देती रहती थीं।

शुरुआती दिनों में मेरी पत्नी का झुकाव नाल (पीहर) के प्रति ज्यादा रहता था। उस समय उनकी आयु तो कम ही थी, इसलिए यह झुकाव स्वाभाविक था। धीरे-धीरे जब ससुराल के प्रति जिम्मेदारी बढ़ती गई तो यह झुकाव भी कम होता गया। पाना देवी का मूल स्वभाव सात्त्विक प्रवृत्ति का होने से निरंतर घर के विकास की ओर इनका मन आगे बढ़ता गया। मेरी दादी से छोटी-छोटी बातों को लेकर इनका झगड़ा कभी-कभार होता रहता था। उस समय मैं असमंजस में रहता था कि मैं पत्नी का साथ दूँ या दादी का? लेकिन मैंने दोनों परिस्थितियों में संतुलन बनाए रखा, जिससे जीवन की राहें कठिन होते हुए भी रास्ता आसान होता चला गया और इस सारे घटनाक्रम में मेरी पत्नी का भरपूर साथ रहा।

सास-बहू के संबंध

पाना देवी का जब प्रारंभिक दिनों में ससुराल में आना-जाना शुरू हुआ तो मेरी माताजी सिर पर बोरला तो बाँधती थीं, किंतु वह चाँदी का था। समाज में कुछ महिलाएँ ऐसी हो गई थीं, जो सोने का बोरला बाँधने लगी थीं। ऐसी स्थिति में स्वाभाविक रूप से माताजी के मन में आता था कि मेरे पास भी यदि सोने का बोरला हो तो ठीक रहेगा। एक बार कहीं मायरे में

जाने का कार्य हुआ तो यह कहा कि बहू के तो सोने का बोरला और सास के चाँदी का बोरला। यह बात पाना देवी ने सुन ली और मन में विचार किया कि मेरे पास जो यह सोने का बोरला है, उसे सासू माँ को दिया जा सकता है। घर आकर पाना देवी ने यह बात सासू माँ को बताई और कहा कि मेरा जो बोरला है, वह आप पहना करो, समाज में आपकी इज्जत होनी चाहिए। अगर आपकी इज्जत बढ़ती है तो मेरी इज्जत अपने आप बढ़ जाएगी। पाना देवी वर्षों तक बोरल नहीं बाँधती थीं। जब मेरी पोस्टिंग चूरू हुई, तब पाना देवी ने सोने का बोरला बनवाया। यह मेरी पत्नी के संस्कारों को दर्शाता है कि उनके लिए सोने से ज्यादा सासू माँ का मान-सम्मान व प्रतिष्ठा महत्त्वपूर्ण थी। इन्हीं बातों के कारण पाना देवी जल्दी ही सासू माँ के दिल में अपने लिए एक खास जगह बनाने में सफल रहीं।

ऐसे कामकाजी परिवार में एक महिला का बहू बनकर आना और वह भी लगभग 14 वर्ष की किशोर आयु में तथा ऊपर से हमारा परंपरागत बुनाई का काम नहीं जानना, यह नए परिवेश में उनके लिए एक बड़ी चुनौती थी कि मैं इस घर में अपना स्थान आदर्श बहू के रूप में कैसे स्थापित करूँ? पाना देवी ने घर को पहले ठीक से जाना-समझा और रिक्त स्थान वाला क्षेत्र देखा। उन्होंने ऊन कातना, नली भरना, ताना करना, नले भरना, पाण निकालना आदि सीखना आरंभ किया। यह काम दिक्कत वाला था। घर के वातावरण से समझ आया कि यहाँ दादी सास की बहुत चलती है। जो वे कह देती हैं, मानो पत्थर की लकीर हो जाती है तो इन्होंने उनका दिल कैसे जीता जाए, इस बारे में सोचना आरंभ किया। उन्होंने पाया कि हमारी चार बुआ और उनमें से एक-दो बुआ के बच्चे प्राय: किशमीदेसर में ही रहते थे। एक तो सुरजाराम और दूसरा माँगीलाल भी अकसर आता-जाता रहता था। जब बुआ कभी-कभी मोहल्ले में निकल जाती थीं, तो उनकी गैर-मौजूदगी में बच्चों को सँभालने का जिम्मा उन्होंने उठाया। समय पर खाना बनाना और खिलाना, उनको नहलाना तथा उनकी

दैनिक क्रियाओं का काम करना, इससे दादी सास के मन में पाना देवी के प्रति एक स्नेहिल एवं सकारात्मक भाव जगने लगा।

जब यह काम एक दिन का नहीं रहा और समय के साथ नियमित हो गया तो दादीजी को लगा कि पाना देवी के स्वभाव में जिम्मेदारी का भाव तो है ही, साथ ही मन में सेवा एवं प्रेमभाव भी है और इसका परिवार को काफी लाभ हो सकता है। फिर एक और रिक्त स्थान इन्होंने महसूस किया। देखा कि दादाजी ने अपने जीवन में पानी की बहुत किल्लत देखी, इसलिए कोई आदमी जब पानी के घड़े भीनासर कुएँ से भरकर लाता था तो उनको अच्छा लगता था। इन सबमें भी पाना देवी ने सुबह जल्दी उठना और तीन-चार घड़े भीनासर कुएँ से भरकर पानी लाना शुरू कर दिया। यह करीब 7-8 किमी. का सफर हो जाता था, इससे दादाजी के मन में पाना देवी के प्रति विश्वास और सेवाभाव उत्पन्न हुआ। दादाजी को लगा कि चाहे पाना देवी को ऊन और इससे संबंधित काम करने नहीं आते हैं, लेकिन पानी, जो जीवन का एक महत्त्वपूर्ण घटक है, उसकी पूर्ति करने

में बड़ी अच्छी भूमिका अदा कर सकती है और धीरे-धीरे दादाजी के मन में इनके प्रति सहजता एवं विश्वास के भाव पैदा हुए। इसके अलावा गायों की सार-सँभाल, सेवा करना भी दादाजी के जिम्मे था। उसमें जब पाना देवी ने हाथ बँटाना शुरू किया तो इनके प्रति दादाजी के मन में और भी विश्वास जमने लगा। हमारे घर में एक बड़ी बाखल थी और उसके चारों तरफ बाढ़ थी, लेकिन सामने दीवार थी। उसको साफ करने में कई बार दंताली का उपयोग होता था और कई बार बुआरी का काम होता था। जब सुबह-सुबह बाकी लोग ऊन और उससे संबंधित काम-धंधे में व्यस्त हो जाते थे तो पाना देवी ने गाय की सेवा, भीनासर कुएँ से पानी लाने का काम, बाखल की सफाई और बच्चों के कपड़े धोने का काम आदि करना शुरू कर दिया। मानो जैसे इन कामों में इनकी रुचि हो गई हो, जिससे धीरे-धीरे घर में प्रभुत्व और वर्चस्व रखनेवाले लोगों के लिए पाना देवी प्रिय हो गईं।

एक मजेदार घटना का जिक्र करना चाहूँगा। उन दिनों हमारे घर में स्नान के लिए मुल्तानी मिट्टी का प्रयोग ही होता था और दादीजी का यह साफ-साफ निर्देश था कि मुल्तानी मिट्टी से ही नहाना है, लेकिन पाना देवी को यह जिद हो गई थी कि मेरी हमउम्र बहुत सी बहुएँ लाइफबॉय साबुन से नहाती हैं तो मैं क्यों नहीं नहा सकती? एक दिन यह विवाद का बड़ा विषय बना। इन्होंने मुझसे कहा कि लाइफबॉय साबुन लाकर दो। मैं चूँकि बेरोजगार था और मेरे लिए यह करना तथा दादीजी के आदेश के खिलाफ जाना संभव नहीं था तो मैंने साबुन लाने में आनाकानी की। असल में मैं दोनों हालातों के बीच बैलेंस बनाकर चल रहा था। उसी दौरान पाना देवी ने पीहर से ससुराल आते समय जो पैसे मिला करते थे, उनसे माला बनाने के मणिये खरीदे और माला बनाने का काम शुरू किया। इसमें मोहल्ले की छोटी-छोटी बच्चियों ने भी सहयोग दिया। एक या दो मालाएँ बेचने पर जो पैसा आया, उससे इन्होंने एक लाइफबॉय और एक लक्स साबुन खरीद लिया। साबुन की जानकारी जब घर में हुई तो भारी हंगामा मच गया।

मुझ पर आरोप लगा कि पैसे कहाँ से दिए ? तो मैंने साफ मना कर दिया। फिर सवाल उठा कि बहू के पास पैसे आखिर कहाँ से आए ? क्या घर में कोई चोरी की है ? लेकिन चोरी और बहू करे, यह कोई यकायक विश्वास नहीं कर सकता था। फिर शंका और संदेह के बीच सवाल-जवाब के दौरान बताया कि पीहर से सुसराल आते समय कुछ रुपए मिले थे, जिनसे मणिये लिये, उनकी माला बनाई और उसे बाजार में बेचा तथा जो पैसे मिले, उससे साबुन खरीदा। चूँकि इनका मेरी बुआओं से धीरे-धीरे गहरा प्रेम हो गया था, इसलिए जब बुआओं ने दादीजी को समझाया कि इसमें कुछ भी गलत नहीं है; आजकल सभी साबुन से ही नहाते हैं और यह कोई असामान्य बात नहीं। साबुन की खरीद पर जो हंगामा हुआ और उस हंगामे के दौरान जो आरोप-प्रत्यारोप लगे, उस हालात में कोई भी महिला घर में तनाव पैदा कर सकती थी या वह कई प्रकार की गलतफहमी पाल सकती थी, लेकिन इन विपरीत परिस्थितियों में पाना देवी ने संयम नहीं खोया और अपना स्वभाव सहज-सरल ही रखा। धीरे-धीरे ऐसे कई बदलाव घर-परिवार में इन्होंने करवाए, जो उन परिस्थितियों में आवश्यक थे, लेकिन रूढ़िवादिता के कारण वे प्रचलन में नहीं आ रहे थे। जैसे हाथों में बिन्नियाँ पहनने की जगह चूड़ियाँ पहनना, घाघरे की जगह साड़ी पहनना, आटा-चक्की चलाने की जगह बाहर से बाजरा और गेहूँ पिसवाने की बात कहना। धीरे-धीरे समय के साथ इन बदलावों की ओर पाना देवी जोर देने लगीं। घर में सबके साथ सहमति बनाकर इन्होंने कुछ बदलाव लागू भी करवाए, जिससे पूरे मोहल्ले की बहुओं में पाना देवी प्रिय बन गईं।

इसी शृंखला में मेरे पिताजी बाबा रामदेवजी के जम्मा-जागरण किया करते थे। प्राय: रात में भजन गाना और दिन में बुनाई का काम करना, मानो यह उनकी दिनचर्या और स्वभाव में आ गया था। जब जम्मा-जागरण का सीजन होता था, जैसे भादों एवं आसोज का महीना तो यह कार्य महीने में पंद्रह-बीस दिन होता था। इसके अलावा यह काम बारहों महीने चलता ही

था। उनकी एक शर्त होती थी कि मैं तो सवा रुपए से ज्यादा कलश में नहीं लूँगा। जबकि दूसरे लोग जो जम्मा-जागरण लेने का काम करते थे, उनकी पहली शर्त होती थी कि कलश में कितने पैसे डालोगे? पिताजी की यह अलग ही साख और विश्वसनीयता पूरे क्षेत्र में बन गई थी। जम्मा-जागरण से जो सवा रुपया आता था, उसको पिताजी कुरते की जेब में रखते थे।

एक बार यह बात सामने आई कि पिताजी की जेब से कुछ पैसे कम हुए हैं तो प्रायः घरों में यह माहौल रहता है कि जो नई बहू आई है, उसी पर दोषारोपण कर दो और ऐसा ही आरोप पाना देवी पर लगा तो एकदम से पिताजी एवं दादीजी इनके पक्ष में मजबूती से खड़े हो गए। पिताजी पुराना किस्सा सुनाते हुए कहने लगे कि एक बार मेरे पैसे गिर गए थे तो पाना देवी ने लाकर मुझे दिए थे। वहीं दादी भी कहने लगीं कि एक बार मेरे हाथ से 200-300 रुपए साळ (कमरे) के अंदर गिर गए थे। पाना अंदर अनाज लेने गई तो पैसे पाकर वापस दादी को लौटा दिए। दोनों ने ही कहा कि बहू पैसे चुरा ले, यह आरोप गलत है। पाना ऐसा नहीं कर सकती है, क्योंकि इसका स्वभाव ऐसा नहीं है। उस समय मुझे भी बहुत अच्छा लगा कि कुछ भी कहने की कोई जरूरत ही महसूस नहीं हुई। यह बात प्रामाणिकता से सिद्ध हो गई कि चोरी और पाना देवी—यह काम करे! हो ही नहीं सकता। इस तरह से इन्होंने पिताजी का मन भी जीत लिया, क्योंकि पिताजी का यह स्वभाव था कि जो ऊन का काम जानता है, वही उनके लिए उपयोगी है, लेकिन एक-दो साल में ही यह सिद्ध हो गया कि पाना देवी बुनाई का काम सीख रही है। इसके अलावा पाना देवी में बहुत से अच्छे गुण हैं, इसलिए पिताजी ने प्रारंभ में ऐसी कोई धारणा नहीं बनाई। इसी तरह इन्हीं गुणों के कारण पाना देवी ने मेरी माँ को उनके खाना बनाने के काम में हाथ बँटाया या एक तरह से उनको इस काम से मुक्त कर दिया तो उनके मन में भी यह भाव जाग्रत् हुआ कि बहू बहुत संस्कारी और घरेलू कामकाज को हमेशा तत्परता से करनेवाली है।

शुरुआती दौर में मेरा छोटा भाई अन्नाराम (अनिल) पढ़ने-लिखने में कमजोर था, जिसके कारण पिताजी अकसर उसको कुछ डाँट-डपट दिया करते थे, क्योंकि वह नहीं पढ़ने का कुछ-न-कुछ बहाना बनाया करता था। उसकी हाँ में हाँ न मिलाने का परिणाम होता था कि अन्नाराम और पाना देवी के बीच में कुछ झड़प हो जाती थी, जोकि देवर-भाभी के बीच में स्वाभाविक होती है, कभी-कभी ऐसी नोंक-झोंक बड़ा रूप भी ले लेती थी, लेकिन अंत में पाना देवी ही आगे आकर उसका समाधान करती थी। कभी-कभी गलती न होने पर भी वह बात को अपने ऊपर ले लेती थी, जिससे अन्नाराम का अपनी भाभी के प्रति विवाद होने के बाद भी उम्र भर एक सॉफ्ट कॉर्नर ही रहा। रिश्तों में उतार-चढ़ाव के बीच होने वाली कड़वाहट के बीच चुप्पी तोड़कर और मन को मरोड़कर कैसे बात प्रारंभ की जाती है, वैवाहिक जीवन में आए ऐसे तूफान को कैसे शांत किया जाता है, ये गुण शायद पाना देवी में बचपन से ही थे, जिसका लाभ मुझे जीवन के कई महत्त्वपूर्ण पड़ावों पर मिला। यह बात मैं पूर्ण विश्वास के साथ कह सकता हूँ कि पाना देवी के लिए ससुराल बिल्कुल नया परिवेश था, लेकिन सहज-सरल, समावेशी स्वभाव व सात्त्विक विचार होने के कारण उन्होंने किशमीदेसर में एक समृद्ध, मजबूत और सुसंस्कृत नींव रखी।

□

रिश्ता और भरोसा दोनों ही दोस्त हैं।
रिश्ता रखो या न रखो, किंतु भरोसा जरूर रखना,
क्योंकि जहाँ भरोसा होता है,
वहाँ रिश्ते अपने आप बन जाते हैं।

गृहस्थ जीवन का पहला पड़ाव– संस्कारयुक्त जीवन का बनता जुड़ाव

वर्ष 1969 के शुरुआती दौर में पाना देवी का किशमीदेसर आना-जाना सहज होता गया। मैं उस समय 9वीं कक्षा में पढ़ता था। गाँव में एक बात प्रचलित थी कि मेघवाल समाज का कोई भी लड़का 10वीं आसानी से एवं अच्छे नंबर से पास नहीं कर सकता है या तो लुढ़क-लुढ़ककर या सप्लीमेंट्री के बाद ही पास होता है। यह कहावत प्रचलित थी कि 10वीं गंगाशहर से बीकानेर चढ़नेवाली मोटी घाटी है, जिसको चढ़ने में खासा जोर आता है और उस समय भीनासर स्कूल 10वीं तक ही था, परीक्षा का केंद्र भी भीनासर में नहीं था, जिससे परीक्षा देने के लिए बीकानेर शहर जाना पड़ता था। भीनासर और गंगाशहर में सीनियर की पढ़ाई के स्कूल नहीं थे, इसलिए 11वीं क्लास के लिए बीकानेर ही जाना पड़ता था। गंगाशहर की घाटी पार करके बीकानेर के किसी स्कूल में प्रवेश लेना होता था। मैं उस समय बाबा रामदेव मंदिर की नियमित पूजा करनेवाला छात्र बन गया था, जिसका बड़ा कारण यह था कि बाबा रामदेव मंदिर में सेठ बींजराजजी पटवा द्वारा एक मुकना महाराज नाम के पंडितजी को पुजारी नियुक्त किया था। उन्होंने मंदिर में आते ही पूछा कि कोई मेघवालों का बच्चा पढ़ता है क्या? और वह बच्चा बीड़ी, सिगरेट, चिलम पीनेवाला नहीं होना चाहिए तो वहाँ मेरा नाम सामने आया। उन्होंने

मुझे बुलाया और कहा कि मंदिर की पूजा में मेरा हाथ बँटाना पड़ेगा, क्योंकि मैं अब बुजुर्ग हूँ। तब मैंने कहा कि वैसे भी मैं रोज आता हूँ, तो आपका भी सहयोग कर दूँगा। उधर स्कूल का दबाव था कि 10वीं अच्छे नंबरों से पास करनी है और इधर घरवालों का दबाव था कि 10वीं पास नहीं हुई तो स्कूल छुड़वा देंगे। ऐसी परिस्थितियों में मैंने गृहस्थ जीवन में प्रवेश किया।

दसवीं की परीक्षा का केंद्र बी.के. स्कूल, बीकानेर में आया। बी.के. स्कूल की दूरी ज्यादा थी, इसलिए पाना देवी ने जोर दिया कि मुझे साइकिल चलानी सीखनी चाहिए, जो मुझे बिल्कुल नहीं आती थी। उन दिनों आटे के लिए मेघवाल समाज के ब्राह्मण जियाराम-जी साइकिल से फेरी लगाने आते थे। वे दूसरे मोहल्ले में भी साइकिल से ही जाते थे, इसलिए साइकिल एक जगह रखते थे और फिर आटा-अनाज की फेरी लगाते थे। वे अपनी साइकिल दो घंटे के लिए हमारी बाखल में रखते थे। मैंने साइकिल बाखल में ही सीखी। फिर कोई मेहमान जब साइकिल लेकर आता था, जिसमें हमारे फूफाजी भोमारामजी और श्रीरामसर के ऊमारामजी परिहार भी साइकिल लेकर आते थे। देखने के बाद वे साइकिल नहीं चलाने देते थे, लेकिन

जियारामजी की साइकिल जब मैंने सीख ली तो पाना देवी ने कहा कि अब साइकिल खरीद लेनी चाहिए। तब मैंने जियारामजी की साइकिल को 50 रुपए में खरीद लिया। 10वीं की परीक्षा देने के उद्देश्य से साइकिल खरीदने के लिए पिताजी ने पैसे दिए। मन में बेहद प्रसन्नता हुई कि साइकिल आ गई, क्योंकि उस समय हम साइकिल खरीदने की स्थिति में नहीं थे। कुछ समय पश्चात् 10वीं कक्षा का परिणाम आया, जिसमें मैं अच्छे अंकों से पास हुआ। उस समय मेघवालों के मोहल्लों के जितने भी बच्चे 10वीं की परीक्षा देते थे, उनमें अधिकतर फेल हो जाते थे या सप्लीमेंट्री लाते थे। 10वीं उत्तीर्ण करने के पश्चात् हायर सेकेंडरी के लिए राजकीय फोर्ट उच्च माध्यमिक विद्यालय में प्रवेश लिया तो यहाँ भीनासर स्कूल से एकदम अलग माहौल था। लड़कों द्वारा वहाँ रैगिंग की जाती थी, जिससे मुझे भी गुजरना पड़ा, लेकिन वहाँ गंगाशहर, भीनासर और बीकानेर के छात्रों के बीच गुट बने हुए थे तो काफी तनाव का माहौल रहता था। इस दौरान बद्रीनारायण शर्मा, जिन्होंने मेरे साथ ही हायर सेकेंडरी में प्रवेश लिया था और वे कुछ दादागिरी वाले स्वभाव के थे, उनके कारण रैगिंग लेनेवाले छात्रों के द्वारा मेरी रैगिंग नहीं हो पाती थी। फोर्ट स्कूल में नियमित कक्षा लगती थी, इसलिए मेरा किशमीदेसर से लगातार साइकिल से स्कूल आना-जाना रहता था।

वर्ष 1970 के मध्य में

पाना देवी अपने घर नाल गई हुई थी तो वहाँ पर पता चला कि पाना देवी माँ बनने जा रही है। जनवरी 1971 में जब रवि का जन्म हुआ, तब मुझे पिता बनने का अहसास हुआ। इससे जिम्मेदारी और शर्म का अजीब समन्वय मेरे मन पर हुआ। मुझे लगा कि मैं बड़ा हो गया हूँ और मुझे कुछ करना चाहिए। पिताजी द्वारा बार-बार यह कहना कि 'तू बाप बणग्यो है, समझदारी स्यूँ चाल', साथ ही दोस्तों द्वारा यह कहना—'थारे टाबर हुग्यो, पण लागे तो कोनी', ये दोनों वाक्य कई दिनों तक मेरे दिल और दिमाग में घूमते रहते थे। मैं स्वभाव से शर्मीला बन गया था। अंतर्मुखी भी बन गया, जिससे चिंतन, मनन और मंथन की प्रक्रिया मन में ज्यादा घर करने लग गई। बुनाई का काम करते हुए, साइकिल से स्कूल जाते समय यह मंथन लगातार और हमेशा चलता रहता था। मन बार-बार यही सोचता था कि अब क्या होगा। निर्णय लेने की शक्ति भी तीव्र हो गई थी और बहुत सी बातें दिमाग में चल रही थीं। ऐसे में मेरी पत्नी द्वारा ही मुझे प्रेरित किया गया कि इसमें नई बात क्या है। विवाह होता है तो बच्चे भी होते हैं और हमें तो खुश होना चाहिए कि भगवान् ने हमें आशीर्वाद दिया है। पाना देवी के समझाने के बाद धीरे-धीरे मैं कुछ ही दिनों में सामान्य हो गया।

पाना देवी का अपनी भतीजी (पुष्पा) से कभी-कभी विवाद रहता था। इनकी भतीजी चूँकि मेरे छोटे भाई (अन्नाराम) की पत्नी थी, इसलिए मेरे माता-पिता भी कई बार पक्ष उसी का लेते थे, ऐसा मुझे कई बार इसलिए लगता था, क्योंकि समाज में यह परंपरा थी कि छोटा लड़का साथ रहता है और बड़ा लड़का विवाह के बाद अलग हो जाता है। इन सबके बावजूद मैं सबको बराबरी की दृष्टि से देखता था। कभी-कभी झगड़ा बढ़ जाता तो मुझे पाना देवी से सुनना भी पड़ता था कि आप मेरा पक्ष जानना ही नहीं चाहते हो। एक-दो दिन तक तनाव बना रहता था, किंतु तनाव को खत्म करने के लिए मैं ही आगे बढ़ता था। यदि दोनों में से किसी एक का भी अनावश्यक पक्ष नहीं लिया जाता है तो तनाव लंबे

समय तक दांपत्य जीवन में नहीं टिक सकता है। हमने इस तनाव को कई बार खत्म किया और देखा भी। पत्नी को यदि प्यार से पुचकार लिया जाए तो बहुत जल्दी तनाव दूर हो जाता है और भावुकता भी आती है। यह भावुकता आँसुओं के माध्यम से जब प्रदर्शित होती है तो मन हलका हो जाता है और संबंधों को सहज बनाने में बहुत आसानी हो जाती है। मैंने मेरी पत्नी का किशोरावस्था में भी ममतामयी रूप देखा। कई बार हम इस दौर से गुजरे हैं। यह सीख अगली पीढ़ी के लिए उचित मार्ग प्रशस्त कर सकती है।

वर्ष 1969-70 की घटना है। नत्थूसरबास में मेरी बुआ के यहाँ मायरे का कार्यक्रम था। हम सब मायरे में चले गए और पाना देवी को गाँव किशमीदेसर में घर की रखवाली करने और गाय का दूध निकालने व बछड़ों का ध्यान रखने के लिए छोड़ दिया। पाना देवी के मन में आया कि सब लोग मिठाई व पकवान खाने के लिए निकल गए हैं और मुझे तथा बछड़ों को यहाँ छोड़ गए हैं। इन बछड़ों को भी पकवान खाने की इच्छा होती होगी और अंततः इन्होंने ऐसा ही किया। गाय के बछड़ों को दूध पीने के लिए खुला छोड़ दिया। बछड़ों को और क्या चाहिए था, माँ का दूध और दुलार! दूसरे दिन जब हम वापस आए तो पता चला कि घर में दूध की एक बूँद नहीं है; पाना देवी ने गाय का दूध निकाला ही नहीं। पिताजी व दादाजी ने पाना देवी को काफी डाँटा, जिससे तनाव का माहौल बन गया। पाना देवी ने अपनी ननद शांति के माध्यम से दादाजी को यह कहलवा दिया कि जब घर के सभी सदस्य मायरा भरने चले गए और फिर मिठाई तथा पकवान का आनंद लिया तो टोगड़िया (बछड़े) भी तो घर के सदस्य हैं। ऐसे में इन बछड़ों को भी एक दिन के लिए अपनी माँ का पूरा दूध मिलना चाहिए। गाय के बछड़े भी तो घर के सदस्य हैं। आप घर के सभी सदस्य मायरे भरने और पकवान खाने चले गए, तो मैंने भी गाय के बछड़ों को अपनी माँ का दूध भरपूर पीने के

लिए छोड़ दिया। एक जैसा आनंद बछड़ों और घर के सदस्यों ने लिया। दादाजी को यह बात सुनकर हँसी आ गई और घर का माहौल सामान्य हो गया। कई वर्षों तक इस बात की घर में चर्चा होती रही। तनाव के वातावरण को कैसे हलका करना चाहिए, नई पीढ़ी को यह शिक्षा इस प्रसंग के माध्यम से लेनी चाहिए।

अंगीरा की कहानी

किशमीदेसर में जो बुनाई का काम होता था, विवाह होने के एक-दो साल बाद ही पाना देवी ने उसमें रुचि लेनी आरंभ कर दी, जिसमें आसन, कंबल और पंछीया ही ज्यादातर बुने जाते थे। बुनाई के समय धागे को कड़प लगाकर पकाया जाता, जिसे धोकर निकाला जाता था। उसी प्रक्रिया में एक अभ्रक, जिसको गिनरफ कहा जाता है, उसको आग के ऊपर रखने से कपड़ों में सफेदी आती है। एक बार मेरे पिताजी ने पाना देवी को कहा कि 'अंगीरा डालो'। अंगीरा शब्द इनके लिए नया था। पिताजी जब आसन और कंबल को निशानी पर चढ़ाकर आ गए और उन्होंने कहा कि 'अंगीरा कठै है ?' पाना देवी आँगन में लगे खेजड़ी के पेड़ को देखने लगी, फिर बोली कि 'अंगीरा पेड़ पे उगता है क्या ?' पिताजी को गुस्सा आया, कहा कि 'थानैं अंगीरा रो ही ठा कोनी कै ?' और माँ से कहा कि 'इ' न अंगीरो काईं हुवै है, ओ समझा'। इस तरह के कुछ ऐसे नए शब्द थे, जिनका प्रयोग नाल (पीहर) में नहीं होता था और किशमीदेसर में ही होता था। उसके बाद जब भी यह विषय आता तो तुरंत ही हँसी फूट पड़ती थी।

दिसंबर 1971 का भारत-पाक युद्ध

दिसंबर 1971 में जब भारत-पाकिस्तान युद्ध हुआ तो बीकानेर में इसका काफी प्रभाव पड़ा। उसकी एक वजह तो यह थी कि बीकानेर बॉर्डर के नजदीक था, वहीं दूसरी वजह थी, बीकानेर के पास नाल

एयरफोर्स का अंडरग्राउंड स्टेशन, जिसका किसी को भी पता नहीं था। इसी वजह से दिन ढलते ही घर की लाइटें बुझानी पड़ती थीं, ताकि दुश्मन देश को यह भनक नहीं लगे कि यहाँ बड़ी आबादी रहती है और यह भ्रम बना रहे कि चारों तरफ रेगिस्तान ही है। इसलिए उन दिनों यह सिस्टम बना हुआ था कि सायरन बजने से पहले ही सोना पड़ता था, जिसका मुख्य कारण सुरक्षा था। कभी-कभी घरों में कच्ची खाई बनाकर उसमें ही सोना पड़ता था। उस समय भोजन बनाने के लिए एक अलग व्यवस्था करनी पड़ती थी। दिन में ही भोजन तैयार करना होता था तथा कई बार पहले से ही तैयार रखना होता था। इस घड़ी में भी पाना देवी ने बड़ी जिम्मेदारी और हिम्मत से काम किया। इसी दौरान नाल एयरफोर्स के आसपास बहुत बमबारी हुई, लेकिन भगवान् की ऐसी कृपादृष्टि हुई कि कोई बम फटा नहीं। मेरी ससुराल नाल में होने से चारों तरफ वहाँ की बहुत चर्चा हुई। सब लोग नाल की ही बात करते थे। लोगों से अपने घर की चर्चा होने व सुनने में पाना देवी को गर्व महसूस होता था।

□

गृहस्थ जीवन का दूसरा पड़ाव

जून 1973 में मेरी दूसरी संतान मनीषा का जन्म हुआ, जिसके बाद गृहस्थ जीवन के झंझावात और मकड़जाल का अनुभव होने लगा। पिताजी ने कहना आरंभ कर दिया कि तू पूर्ण गृहस्थ बन गया है, इसलिए अब तो तेरी नौकरी लगनी ही चाहिए। उधर धर्मपत्नी ने भी कहना शुरू किया कि दो-दो बच्चे हो गए हैं और घर में कमाई नहीं होगी तो कैसे इनका ठीक से लालन-पोषण होगा। इन परिस्थितियों में वर्ष 1973 में नौकरी पाने की लालसा प्रबल हो गई। इसी शृंखला में पिताजी ने श्री आदूरामजी परिहार, जो पोस्ट-ऑफिस में पोस्टमैन थे,

उनसे इस बारे में चर्चा की। दूसरे, उदयरामसर के श्री किशनारामजी बारूपाल, जो भीनासर खादी समिति में काम करते थे, उनसे भी मेरी नौकरी के बारे में चर्चा की। इसी क्रम में आदूरामजी ने मुझे पोस्टमैन का फॉर्म भरने के लिए हैडपोस्ट-ऑफिस, बीकानेर बुलाया, किंतु उस समय फॉर्म भरने की तारीख निकल गई थी तो मन बहुत ही दु:खी हुआ, लेकिन उसी समय टेलीफोन एक्सचेंज में टेलीफोन ऑपरेटर की नौकरी के फॉर्म निकले हुए थे। मेरे 10वीं के अंक इस नौकरी के लिए पर्याप्त थे, इसलिए आदूरामजी ने मेरा फॉर्म भरवा दिया। दो महीने बाद एक साधारण सी परीक्षा हुई और टेलीफोन एक्सचेंज में मेरा चयन हो गया।

वर्ष 1974 के आरंभ में मुझे टेलीफोन ऑपरेटर की ट्रेनिंग लेने के लिए जयपुर स्थित आदर्श नगर में जाना पड़ा, जहाँ टेलीफोन ऑपरेटर की ट्रेनिंग के लिए संस्था होती थी। मैं पहली बार जयपुर गया। पूछते-पूछते संस्था के पते पर पहुँचा तथा ज्वॉइन किया। मैंने वहाँ एक कमरा किराए पर लिया। निंबाहेड़ा के निवासी पी.सी. जैन के साथ मैं कमरे में रहने लगा, क्योंकि दो व्यक्तियों के एक साथ रहने से किराया कम लगता था। भोजन बनाने का भी अभ्यास उसी दौरान हुआ। इस तरह जयपुर में ट्रेनिंग पूरी की और श्रीगंगानगर जिले के संगरिया में पहली पोस्टिंग के आदेश हुए। टेलीफोन ऑपरेटर की नौकरी लगना मेरे लिए बड़ी उपलब्धि थी। मैं उस समाज के संपर्क में आ गया था, जो उस समय टेलीफोन धारक होते थे। दूसरे टेलीफोन धारक सरकारी अधिकारी होते थे। अत: मेरा संपर्क-संबंध अच्छे लोगों के साथ होना शुरू हो गया, लेकिन इस संपर्क में भी जाति मेरा पीछा नहीं छोड़ रही थी, पर मेरे स्वभाव के कारण मैं लोगों की पसंद बनता जा रहा था। संगरिया में किराए के मकान में रतनगढ़ निवासी देवकरण माली तथा बाद में श्रीविजयनगर के धर्मदास गौरी के साथ रहा, जो संगरिया में टेलीफोन एक्सचेंज में ऑपरेटर थे। मैंने संगरिया में ही फिल्म देखना शुरू किया,

जिसका उल्लेख मैंने पाना देवी से भी किया।

इसी दौरान पता चला कि पुष्पा से पाना देवी का झगड़ा होने लग गया था। मेरे ऊपर माँ-बाप की ओर से परिवार से अलग होने का दबाव बना। मैंने ऐसा करने से साफ मना कर दिया और सवाल किया कि क्या संतान माँ-बाप से अलग हो सकती है? धर्मपत्नी का पुष्पा से, जो उनकी रिश्ते में भतीजी भी थी, से झगड़ा बढ़ता गया। झगड़ा इतना बढ़ा कि अंततः कुछ समय के लिए अन्नाराम व पुष्पा घर से अलग हुए, किंतु मेरे मन में ऐसे विचार कभी नहीं आए कि मैं अलग हो जाऊँ। यह उस समय का बड़ा निर्णय था। मेरी धर्मपत्नी ने इस निर्णय में मेरा पूरा साथ दिया। हालाँकि पाना देवी को यह समझाने वाली महिलाओं की कमी नहीं थी कि बड़ा लड़का और बहू ही अलग होते हैं और अब तो तुम्हारे पति की नौकरी भी लग गई है, अतः तुम लोगों को ही अलग होना चाहिए। इन बातों का न तो मेरी पत्नी पर कोई असर हुआ और न ही मुझ पर। इस तरह मैं अपने माता-पिता से अलग होने से बच गया।

मेरी पढ़ाई में मेरी पत्नी पाना देवी का अप्रत्यक्ष रूप से कई मायनों में योगदान रहा, लेकिन एक ऐसा योगदान, जो नई पीढ़ी को प्रेरणा देने लायक है। वर्ष 1975 तक हमारे घर में बिजली का कनेक्शन नहीं था। मुझे चिमनी और लालटेन की रोशनी में ही पढ़ना पड़ता था। कभी-कभी जब कैरोसिन तेल घर पर नहीं होता था तो पाना देवी खाने के तेल (तिल्ली का तेल) का दीया जला देती थी और मैं अपनी पढ़ाई पूरी कर लेता था, लेकिन इसके परिणामस्वरूप पाना देवी को दादी माँ की डाँट सुननी पड़ती थी, क्योंकि तिल्ली का तेल भोजन तैयार करने हेतु काम में आता था, जलाने के काम में नहीं। एक 15 साल की महिला और यह ललक कि उसका पति पढ़-लिखकर नौकरी पर लग जाए तथा उसके लिए दादी माँ की डाँट भी खानी पड़े तो कोई बात नहीं, लेकिन पढ़ाई बीच में नहीं छोड़नी है। यह प्रसंग अभाव में जीवन जीनेवालों को हमेशा प्रेरणा देता रहेगा।

वर्ष 1975 के अंत में जब मेरा स्थानांतरण बीकानेर हो गया तो मैंने सबसे पहले घर पर पानी और बिजली का कनेक्शन लिया। पढ़ने के लिए टेबल-कुर्सी भी खरीदी। घर चलाने के लिए अब मैं सबका सहारा बना चुका था। मैं अपनी तनख्वाह दादी को ही दिया करता था। घर की स्थिति को ठीक करने के लिए मैंने प्रयास किए तो उसमें पैसे भी खर्च होने लगे, लेकिन दादी ने कहा कि कुछ भी करो, किंतु मुझे देनेवाली मूल तनख्वाह कम नहीं होनी चाहिए। दादी का कहा मानने के लिए मैंने टेलीफोन एक्सचेंज में ओवरटाइम किया। इसी दौरान घर में कच्चे शौचालय का निर्माण करवाया। घर पर बिजली-पानी का कनेक्शन लेना व घर में टेबल-कुर्सी का आना उस समय पूरे मोहल्ले में बड़ा चर्चा का विषय रहा। हमारा घर निम्न स्तर से ऊपर की ओर बढ़ रहा था। मोहल्ले में यह भावना घर कर गई थी कि परिवार में से अगर कोई सदस्य नौकरी पर लगता है तो उसकी आर्थिक उन्नति हो सकती है और उसकी पत्नी चाहे अनपढ़ ही क्यों न हो, लेकिन समझदार हो तो गृहस्थ जीवन भी सुचारु रूप से आगे बढ़ सकता है।

मैं यहाँ उस समय की घटनाओं का जिक्र इसलिए कर रहा हूँ, क्योंकि समाज में नई दुलहन बनकर आनेवाली बहुओं के लिए उस समय चुनौती जैसा वातावरण हो गया था। समाज के जो लड़के पढ़-लिखकर माँ-बाप से दूर होते गए और अलग रहने लगे, समाज में पढ़े-लिखे लड़कों के प्रति नकारात्मक भाव पैदा होता गया। '70 के दशक के प्रारंभिक वर्ष की घटना है—मेघवालों का मोहल्ला, नत्थूसर बास में दुर्गाराम नाम के लड़के की हत्या हो जाती है और यह सूचना मिलती है कि हत्या उसकी पत्नी ने की है। समाज में तरह-तरह की अफवाहें चलती हैं, लेकिन अंत में उसकी पत्नी यह स्वीकार करती है कि घर में लकड़ी काटनेवाली कुल्हाड़ी से मैंने अपने सोते हुए पति की गरदन काट दी। जिस घर में यह घटना हुई, वह ईसररामजी चंदल का घर था

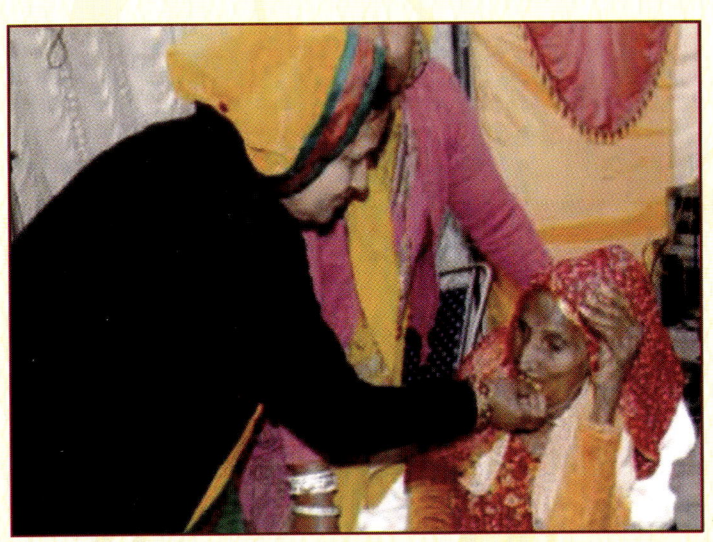

और वे समाज के सबसे बड़े पंचों की गिनती में आते थे। ईसररामजी का कोई बेटा नहीं था, इसलिए अपने दोहिते, जिसका नाम दुर्गाराम था और उदयरामसर का रहनेवाला था, उसको गोद ले लिया था तथा अपने घर नत्थूसर बास में अपने बेटे के रूप में उसे जगह दी थी। किसी पत्नी द्वारा अपने पति को कुल्हाड़ी से मारने की समाज में यह पहली घटना थी।

इस घटना की केवल मेघवाल समाज में ही नहीं, अपितु पूरे बीकानेर जिले व अन्य समाजों में भी काफी चर्चा हुई। मैं उस समय अपने गृहस्थ जीवन को आरंभ कर चुका था। नत्थूसर बास मेघवालों के मोहल्ले में मेरा आना-जाना रहता था और उन 10-12 दिनों में तो नियमित जाना होता था। मैं यह अनुभव करता था कि प्रतिदिन हजारों की संख्या में मेघवाल समाज व अन्य समाजों के लोग ईसररामजी से मिलने आते थे। जो ईसररामजी समाज की बैठकों में दहाड़ते थे, वे इस घटना के बाद गरदन नीची करके सुबह से शाम तक बैठे रहते थे। समाज में जबरदस्त नकारात्मकता का भाव फैला हुआ था। उस वातावरण में पाना

देवी सकारात्मकता का भाव फैला रही थी कि अगर एक बहू ने ऐसा कर दिया है और वह अपराधी हो सकती है, लेकिन सारी बहुएँ अपराधी नहीं हो सकती हैं। कच्ची उम्र की बहुओं में विचारों का ऐसा प्रवाह और भाव कम ही देखने को मिलता है। यह उनका असाधारण गुण मुझे आज भी सहायता करता है। मेरे यहाँ तक पहुँचने में पाना देवी के इस गुण को मैं बड़ा कारण मानता हूँ।

उसी कालखंड में समाज के कुछ बच्चे शिक्षित हो जाते हैं और ठीक-ठाक नौकरी लगने की ओर अग्रसर होते हैं तथा कुछ लग भी जाते हैं। जब समाज में उनके द्वारा अपनी पत्नी को छोड़ने की घटनाओं का जिक्र आता है या वे पहली पत्नी को छोड़कर दूसरा विवाह कर लेते हैं या पत्नी को मार दिया जाता है तथा बड़े घराने में विवाह कर लिया जाता है या अच्छी पढ़ाई करते समय अपनी पत्नी के रहते हुए भी दूसरा विवाह कर लेते हैं तो ऐसी घटनाओं से समाज में नकारात्मकता के भाव फैलते हैं, जिससे समाज के लोग यह सोचने पर मजबूर हो जाते हैं कि बच्चों को पढ़ाने से क्या फायदा? क्योंकि समाज का व्यक्ति उन घटनाओं को देखकर के नकारात्मकता के भाव से जीने लग जाता है। इन परिस्थितियों में मैं यद्यपि छोटी नौकरी पर लगा था, लेकिन समाज में एक सकारात्मक भाव देने में और उसे फैलाने में सफल रहा। इसमें मेरे दांपत्य जीवन की चर्चा समाज की विभिन्न बैठकों व संगोष्ठियों में होती थी। मैं इस मोड़ पर अपनी पत्नी की सहज व नए परिवेश में समाहित होने की प्रवृत्ति और स्वाभाविक इच्छाशक्ति की जितनी प्रशंसा करूँ, कम है और इसी के कारण समाज में इस तरह की चर्चा संभव हुई।

समाज में लंबे समय से एक परंपरा रही है कि घर की बहुएँ बड़े-बुजुर्गों के पैर छूती थीं। पैर छूने के समय महिलाओं के सिर पर घूँघट होता था तो बुजुर्ग आशीर्वाद देते थे या कभी-कभी यह पूछ लेते थे कि यह किसकी बहू है? ऐसे कालखंड में पाना देवी सभी बुजुर्गों के पैर छूती

थी। तब भी यह विषय रहता था और स्वयं ही कहती थी कि मैं तो उस परिवार की बहू हूँ। पाँव छूने के बाद आशीर्वाद देना हर बड़े-बुजुर्ग को अच्छा लगता है और पाना देवी ने इस परंपरा को बखूबी निभाया तथा सभी बुजुर्गों का आशीर्वाद प्राप्त किया।

एक बार मेरी पोस्टिंग जब श्रीगंगानगर में थी तो हम नत्थूसर बास में हमारी बुआ से मिलने के लिए गए। पाना देवी ने भोमारामजी और जस्सारामजी के पैर छुए, साथ ही बुआ के एवं परिवार के अन्य बड़े सदस्यों के भी पैर छुए। कोई बोलकर आशीर्वाद देता तो कोई बिना बोले, लेकिन जब हम अपने मौसाजी श्री नत्थूरामजी से मिलने गए तो पाना देवी ने उनके पाँव छूने का प्रयास किया, जबकि वे किसी को पाँव नहीं छूने देते थे तो उन्होंने जोर से कहा कि 'म्हारा पगाँ में काईं है, जो थे लोग छूओ हो', उस समय परिवार के करीब 10-15 लोग खड़े थे। पाना देवी ने पाँव छुए और कहा कि 'थाँरा पगाँ में आशीर्वाद है।' इस उत्तर से परिवार के सभी लोग बहुत प्रसन्न हुए। दरअसल मेरे मौसाजी समाज में पंच के रूप में प्रतिष्ठित व्यक्ति थे। उसके बाद वे जहाँ भी समाज में उठते-बैठते थे तो कहते थे कि मैं अधिकतर महिलाओं को पाँव छूने से रोकता हूँ, लेकिन जब अर्जुन की पत्नी ने पाँव छूए और उसने कहा कि 'थाँरा पगाँ में आशीर्वाद है', तब मुझे यह भान हुआ कि हमें नई पीढ़ी को आशीर्वाद देना चाहिए। इसके बाद जहाँ भी वे जाते या बैठते तो इस घटना की चर्चा जरूर करते थे। खुद मुझसे भी कई बार इस घटना का जिक्र किया। इस तरह पाना देवी ने समाज के अन्य सदस्यों के मन में भी अपने लिए एक सम्मान की स्थिति बना ली थी।

पाना देवी की डिलीवरी दो बच्चों के समय नाल में ही हुई, किंतु तीसरे बच्चे के समय इन्होंने स्वत: ही कहा कि यह डिलीवरी ससुराल में ही हो और इसी भाव के साथ इनकी तीसरी डिलीवरी किशमीदेसर में होती है और 4 जनवरी, 1976 को एक बच्ची का जन्म होता है,

जिसका बचपन का नाम चंदा होता है। बच्ची थोड़ी बड़ी होती है तो उसको प्यार से 'खट्टू' के नाम से पुकारा जाने लगा और उसके बाद बच्ची का नाम 'भावना' रख दिया जाता है। हालाँकि इसके बाद दो डिलीवरी और हुईं, जिसमें रचना का जन्म किशमीदेसर में होता है और नवीन का जन्म नाल में होता है। इससे यह साफ हो जाता है कि मेरी पत्नी पाना देवी का ससुराल एवं पीहर दोनों जगह बराबर सम्मान रहा, जोकि किसी भी पुत्री को पीहर व पुत्रवधू को ससुराल में मिलना चाहिए।

□

हमारी कुछ चीजें साथ-साथ

पानी ढोकर लाना

बचपन में पानी की समस्या को बहुत नजदीक से देखा। गाँव का कुआँ खराब होने के बाद भीनासर से पानी लाना पड़ता था। एक चाँदमलजी का कुआँ भी था, जहाँ से पानी लाना पड़ता था। भीनासर में ओवरहैड टैंक पहली बार बना था, जिसके पास पानी का स्टैंड भी लग गया था। किशमीदेसर घर से स्टैंड की दूरी लगभग दो किलोमीटर थी। स्टैंड पर पानी भरने के लिए अलग-अलग समाजों की टूँटियाँ (नल) निर्धारित की हुई थीं तथा पानी भरने का भी समय निर्धारित किया हुआ था। यह सब उस समय के जातिभेद को दर्शाता था। कभी-कभी मेघवाल समाज के लिए निर्धारित की हुई टूँटियों में से कोई खराब हो जाती थी तथा पानी भरनेवालों की भीड़ ज्यादा हो जाती थी तो अन्य जातियों के लिए निर्धारित टूँटियों में से पानी भरने का प्रयास करते थे। अन्य समाज वाले ऐसा करने से बिल्कुल मना कर देते थे। एक बार अन्य समाज के लड़के ने कहा कि पानी यहाँ से भर लो, कोई भी देख नहीं रहा है। इतने में वहाँ कोई व्यक्ति आ गया तथा उसने कहा कि तुम यहाँ पानी कैसे भर रहे हो? उस समय मेरी धर्मपत्नी पाना देवी मेरे साथ ही थी। यह सुनकर उनको बड़ा बुरा लगा और मन-ही-मन जातिवाद के इस दंश को कोसा। पानी का घड़ा भरने की प्रक्रिया में ऐसे अपमान के घूँट कई बार पीने पड़ते थे तथा खरी-खोटी सुननी पड़ती थी।

इन सबके बावजूद इस प्रक्रिया में कुछ ऐसे लोग भी होते थे, जो दबी जुबान से कहते थे कि पानी भर लिया तो क्या हो गया और हम सब हैं तो इनसान ही। इस तरह जातिवाद को बढ़ावा देना ठीक नहीं। यह सब देखकर मुझे लगता था कि समाज में अच्छे और सात्त्विक लोगों की भी संख्या है, उनका अगर साथ मिल जाए तो समाज में जातिवाद की समस्या जड़ से उखाड़ी जा सकती है तथा समाज को नई दिशा दी जा सकती है। मैं जीवन के हर मोड़ पर ऐसे अच्छे और सात्त्विक लोगों की पहचान करता रहा हूँ और उनके सहारे आगे बढ़ने में प्रयासरत रहा हूँ।

गुदड़ी और राळी-रजाई सिलना

उस समय प्राय: घर में ओढ़ने व बिछाने के लिए क्रमश: राळी और गुदड़े का उपयोग होता था। मेहमानों के लिए भी कुछ गुदड़े और राळी अलग से रखी जाती थी। यह जीवन की आवश्यकता थी। अत: मेरे वैवाहिक जीवन के प्रारंभिक दिनों में गुदड़ा और राळी सिलने का कार्य साथ-साथ करने का कई बार अवसर मिला। इस दौरान कई बातें भी हो जाती थीं, जो आमतौर पर पति-पत्नी के बीच में उस जमाने की परंपरा के अनुसार नहीं हुआ करती थीं। कार्य करने के साथ ही आपस में अंतरंगता भी बढ़ाने का अवसर होता था। यहाँ यह उल्लेखनीय विषय था कि हम कार्य ठीक से कर रहे हैं या नहीं या मेरी पत्नी पाना देवी को कार्य ठीक से आता है या नहीं, इस हेतु दादी माँ द्वारा मेरी पाँची बुआ को देखरेख के लिए नियुक्त किया गया था। जब भी पाँची बुआ किशमीदेसर रहती थी तो हमारे द्वारा किए हुए कार्यों को परखकर दादी माँ के सामने पेश करती थी तथा प्रमाणित करवाती थी।

नळा-नळी साथ-साथ भरना

घर में ऊन कताई और बुनाई का कार्य बहुत होता था, इसलिए नळी और नळा भरने का कार्य कभी-कभी साथ-साथ होता था। एक चरखे

पर मैं होता था तो दूसरे चरखे पर मेरी पत्नी पाना देवी होती थी। समाज के अन्य लोग इसका मजाक उड़ाते थे और कहा करते थे कि इन दोनों में से कौन पहले नळा और नळी भरता है। इस तरह नळा-नळी भरने में हमारी प्रतिस्पर्धा भी रहती थी और यह सकारात्मकता के रूप में होती थी, जो बाद में जीवन के कई पड़ावों पर सकारात्मकता के भाव उत्पन्न करने के काम में आई।

गीत और भजन गाना

गीत और भजन गाने का कार्य कभी-कभी एक साथ होता था, लेकिन अलग-अलग समूह में होता था। जैसे पाना देवी के साथ गली में गुलाब माली, शांति, मीरा, गौमती, पुष्पा और भँवरी आदि बैठ जाती थीं और एक भजन प्रायः गाया करते थे—'हीरो पायो गुरुदेवाँ थारै नाम रो रे, ओ तो नहीं है नुगराँ रे कामरो रे।' और 'पैला जिसो प्रेम सदा ही कोनी रैव', गीत तो महिलाएँ व पुरुष दोनों ही गाते थे और पुरुष भजन गाते थे, किंतु कुछ गीत सब मिलकर एक साथ गाते थे।

पाना देवी की राग कोई बहुत अच्छी नहीं थी, किंतु आसपास की महिलाओं व बच्चियों के साथ समूह बनाना तथा उनको इकट्ठा करना यह उस समय की परिस्थिति में बड़ी बात होती थी। इससे आसपास की सभी महिलाएँ एवं बच्चे पाना देवी के करीब आ गए थे। संगीत के माध्यम से सांस्कृतिक संध्या आयोजित करना यह अलग बात थी, इससे दिनभर का तनाव भी दूर होता था और सब एक साथ आ जाते थे।

बळीता तैयार करना

बळीता तैयार करने के लिए लगभग तीन-चार किलोमीटर दूर खेतों की ओर जाना होता था और गायों के लिए घास-फूस तथा चारे की गाँठ बाँधकर लाना साथ-साथ होता था। बळीता कभी फोग की लकड़ी का होता था तो कभी किंकर व खेजड़ी की लकड़ी का होता था। बळीता काटकर उसको इकट्ठा करके एक गट्ठर तैयार कर लेते थे। एक गट्ठर मेरे सिर पर होता था तो दूसरा पाना देवी के सिर पर होता था। बळीते का अधिकतर उपयोग चूल्हा जलाने के लिए होता था। यह एक ऐसी प्रक्रिया थी, जिससे मुझे लगता है कि पति-पत्नी यदि समझदार हों तो साथ-साथ कार्य करने की प्रक्रिया से समन्वय व सामंजस्य के गुण को विकसित कर सकते हैं और एक-दूसरे का साथ कैसे निभाया जाता है, इसकी समझदारी बढ़ा सकते हैं। किशोरावस्था में मुझे पाना देवी के साथ कार्य करने पर ऐसा भाव होता था।

खेती के कार्य में साथ-साथ

चौमासे के मौसम में जब खेत जाते थे तो कसी हाथ में लेकर निदाण/खर-पतवार उखाड़ने की प्रक्रिया होती थी, जिसको कई बार साथ-साथ करने का अवसर मिलता था। इसमें कार्य के साथ वार्त्तालाप भी हो जाया करती थी। जब मोठ पक जाता था तो मोठों व बाजरी की सिट्टी को तोड़ने की प्रक्रिया साथ ही हो जाती थी। सब्जी बनाने के लिए फळी का उपयोग होता था तो खेत में फळी साथ ही तोड़ते थे। एक बार आंबासर से आते हुए उदयरामसर की रोई चिम्मी बुआ के खेत में हमने ग्वारफली तोड़ी और वहीं सब्जी बनाकर उसका सेवन किया। खेत में ही तेजा गीत, जो इस प्रकार था—'लाग्यो-लाग्यो जैठ, आसाढ़ कँवर तेजा रे, लगतूँड़ो गाज्यो, सावण भादुवो' गाने का कार्य होता था, खेतों में जिसका एक अलग ही अनुभूति एवं आनंद होता था।

थेपड़ी तैयार करना

घर में तीन-चार गायें हुआ करती थीं और गोबर भी पर्याप्त मात्रा में होता था। दादाजी का प्रयास रहता था कि गोबर की थेपड़ियाँ जल्दी ही बना लेनी चाहिए, नहीं तो गोबर सूख जाता है और थेपड़ी नहीं बन पाती है, इसलिए गायों का गोबर इकट्ठा करना और उसकी थेपड़ी थापना, यह अधिकतर कार्य पाना देवी का ही होता था, किंतु कभी-कभी इस कार्य में मैं भी सहयोग करता था। यह एक ऐसी प्रक्रिया थी, जिससे पति-पत्नी में सहयोग की भावना विकसित होती थी। इसके अलावा गायों को चारा डालने का कार्य पाना देवी करती थी। गायों को चारा डालने के लिए चारा 100-150 मीटर की दूरी पर से लाना होता था। चारा तैयार करना और छाजले में उसको रखना तथा उठाकर गायों के ठाण में डालना। सर्दियों के मौसम में गायों को ठंड से बचाने के लिए मैं और पाना देवी झूल उढ़ाते थे तथा गर्मियों में गायों को नहलाने का कार्य भी करते थे। गाय की सेवा का भाव बचपन में घर से ही विकसित हो गया था। बहुत छोटी अवस्था में माता-पिता के साथ गाय की सेवा करते थे, किंतु जब पत्नी के साथ यह कार्य किया जाता है तो ग्रामीण परिवेश व ऐसे माहौल में भी पति-पत्नी के बीच प्रेम बढ़ने के अच्छे अवसर मिलते हैं, जिसको मैंने दांपत्य जीवन के शुरुआती जीवन में महसूस किया।

पाण निकालना—पाण लगाना और सुखाना

घर में जब ऊन के कंबल और आसन की बुनाई का काम होता था तो उस समय ताणा करने के बाद ऊन पर पाण चढ़ाई जाती थी। पाण लगाकर फिर उसको सुखाना, जिसमें और लोगों का भी सहयोग रहता था, किंतु पति-पत्नी का सहयोग रहने पर नजदीकियाँ बढ़ाने का भी अवसर मिलता था और कार्य में समन्वय बढ़ता था, जिसमें पाण लगाना और पाण को सुखाना तथा साँवळा फेरना व पाण लगे धागों को

हाथों की उँगलियों से अलग करना, ये कुछ ऐसे कार्य होते थे, जिससे पति-पत्नी के बीच प्रेम-संबंध प्रगाढ़ होते थे।

ओखळी में बाजरा कूटना व खीचड़ा बनाना

किशमीदेसर गाँव में प्राय: यह रिवाज ही था कि सुबह दही के साथ रोटी खाना या कभी दाल और सब्जी के साथ खाना होता था। शाम को ओखळी में खींचड़ा कूटना और खींचड़ा बनाकर के खाना, जिसमें कुछ लोग खींचड़े के साथ घी और गुड़ का सेवन करते थे तो कुछ दही के साथ खाते थे। खींचड़ा कूटने का कार्य पाना देवी करती थीं, किंतु मैं कभी-कभी इस कार्य में उनकी सहायता करता था, जिसकी प्राय: मजाक बनाई जाती थी, लेकिन मुझे इस बात से कोई फर्क नहीं पड़ता था। मैं यही सोचता था कि पति और पत्नी मिलकर परस्पर सहयोग करें तो न उनमें कभी झगड़ा होगा और न ही प्रेम कम होगा।

विवाह में मिठाई कूटना

समाज में प्राय: उस समय मांगलिक कार्यों में लड्डू बनाने का रिवाज था, जिसके लिए पहले बूँदिया बनाना, फिर उसको कूटना और हाथों से लड्डू बाँधने का कार्य होता था। समाज में कहीं भी कोई शुभ अवसर हो तो इस कार्य के लिए सभी लोग मिल-जुलकर कार्य करने की भावना रखते थे। यह कार्य पुरुष ही किया करते थे, लेकिन कभी-कभी हम पति-पत्नी दोनों को एक साथ इस कार्य को करने का अवसर मिल जाता था। वह अवसर सहयोग बढ़ानेवाला होता था और लंबे समय तक याद भी रहता था।

मेहँदी और पीठी पीसना

गाँव में जब शादियाँ होती थीं तो एक परंपरा थी कि दुलहन की मेहँदी लगाने के लिए जो मेहँदी काम में ली जाती थी, उसको जो लोग

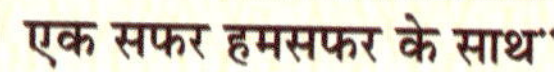

नई-नई शादी करके आए हैं, उनके द्वारा पीसने का कार्य किया जाता था, जिसको अच्छे शगुन के रूप में देखा जाता था, जिसके लिए सात सुहागनों की जरूरत होती थी। इसके लिए समाज में पहले से ही माँग रहती थी और जब हमें इस कार्य को करने का अवसर मिलता था तो यह वाकई पति-पत्नी में प्रेम की भावना को बढ़ानेवाला अवसर होता था।

बाजार से साथ-साथ सामान लाना

किशमीदेसर में उस समय कोई दुकान नहीं थी और गंगाशहर के बाजार में ही अनाज और सब्जी आदि की दुकान होती थी। पिताजी बाजार जाकर अनाज खरीद लेते थे और घर आकर मुझसे एवं पाना देवी से कह देते थे कि उस दुकान में सामान खरीदा हुआ है, आप लोग जाकर ले आओ। हमारा साथ-साथ बाजार जाना और जिस दुकान में सामान खरीदा हुआ होता था, वहाँ से लेकर आना, यह लगभग हमेशा ही होता था। सामान आमतौर पर 20-25 किलो होता था, जिसमें अनाज, चीनी, दाल, सब्जी व अन्य चीजें होती थी। यह कार्य अधिक श्रम वाला होता था, क्योंकि एक तो दूरी बहुत थी और दूसरा सामान का वजन भी ज्यादा होता था। इस तरह रास्ते में ही ढेर सारी बातें करने का अवसर मिल जाता था। कुछ नाराजगी भी होती थी तो मैं उसे बातों-बातों में दूर कर दिया करता था।

□

दुनिया का सबसे खूबसूरत पौधा 'प्रेम' और 'स्नेह' का होता है, जो जमीन पर नहीं, दिलों में उगता है। 'राहत' भी अपनों से मिलती है, 'चाहत' भी अपनों से मिलती है। अपनों से कभी रूठना नहीं, क्योंकि 'मुसकराहट' भी सिर्फ अपनों से ही मिलती है।

दांपत्य जीवन के महत्त्वपूर्ण पड़ाव

टेलीफोन एक्सचेंज में नौकरी लगने के बाद मैंने साधारण जीवन जीने का निर्णय लिया, उसको 1974 से 1982 तक नौकरी करते हुए पूरी निष्ठा के साथ निभाया। मेरी पत्नी ने इसमें मेरा कदम-से-कदम मिलाकर भरपूर साथ दिया। यह भी अपने आप में उन परिस्थितियों को देखते हुए एक बड़ा निर्णय था, क्योंकि टेलीफोन एक्सचेंज में भ्रष्टाचार करने तथा निभाने के बहुत से तरीके मेरे सामने थे और उन दिनों परिवार की जरूरतें भी थीं, लेकिन मन को मजबूत बनाए रखा और भ्रष्टाचार नहीं करने का संकल्प लिया। मेरी पत्नी भी इसमें मजबूत रही, जिससे एक संस्कारित व समझदार परिवार की नींव पड़ी।

टेलीफोन एक्सचेंज में जहाँ मैं नौकरी करता था, वहाँ विभिन्न प्रतियोगी परीक्षाओं की तैयारी करनेवाले लोगों की संख्या ठीक-ठाक होने के कारण मैं भी राजस्थान प्रशासनिक सेवा की ओर अग्रसर हुआ। पहली परीक्षा 1976 में दी, लेकिन लिखित परीक्षा में असफलता हाथ लगी। उन दिनों पढ़ाई की भूख इतनी हो गई थी कि 1977-78 में एक समय ऐसा भी आया कि मैं बीकानेर शहर में ट्रांसपोर्ट गली में एक कमरा किराए पर लेकर ही रहने लगा। पाना देवी ने उस समय मेरा मनोबल बढ़ाने का कार्य किया, वे हमेशा कहती थीं कि सफलता आज नहीं तो कल जरूर मिलेगी। 7-8 महीने का यह एक अलग ही अनुभव रहा।

दूसरी परीक्षा 1978 में दी तो लिखित परीक्षा में सफलता मिली, लेकिन साक्षात्कार में ठीक अंक नहीं आने के कारण इस बार भी असफलता हाथ लगी। वर्ष 1978 में बेटी रचना और जनवरी 1980 में बेटे नवीन का जन्म हुआ। ऐसी परिस्थिति में भी पाना देवी ने मुझे हताश नहीं होने दिया। मैंने मन को मजबूत कर पुनः आर.ए.एस. की तैयारी की और तीसरी बार 1980 के दौरान परीक्षा दी और अंततः मुझे सफलता प्राप्त हुई। आर.ए.एस. की 1980 की परीक्षा में पास होना एवं 1982 में अंतिम चयन होना, यह मैं अपने जीवन की बड़ी घटना मानता हूँ और इस सफलता में प्रतिदिन-प्रतिपल बड़ा संघर्ष रहा, जिसमें मेरी पत्नी का पूर्ण सहयोग रहा। 1982 में राजस्थान उद्योग सेवा में नई नौकरी की शुरुआत हुई। जीवन में उतार-चढ़ाव और कई बाधाएँ आईं, साथ ही कई बार भारी तनाव भी आया। इन सब बाधाओं और तनावों को दूर करते हुए साल 1982 में जो मैंने मुकाम हासिल किया, वह मेरे लिए किसी चमत्कार से कम नहीं था।

1977 में केंद्र में जनता पार्टी का शासन था। जनता पार्टी का शासन लाने में नौकरी करते हुए भी हमने सक्रिय भूमिका निभाई। जनता पार्टी की सरकार ने अपने छोटे कार्यकाल के शासन में एक महत्त्वपूर्ण और दूरगामी फैसला लिया कि भारतीय प्रशासनिक सेवा, यानी आई.ए.एस. की परीक्षा अंग्रेजी के अलावा हिंदी माध्यम में भी दी जा सकती है। इस निर्णय से मेरे जैसे युवाओं के मन में सकारात्मक ऊर्जा का संचार हुआ। इसके बाद ही मैंने आई.ए.एस. की परीक्षा की तैयारी शुरू कर दी। इससे पहले मैंने 1977 में एल-एल.बी. की परीक्षा पास की, जिसके बाद राजस्थान न्यायिक सेवा की परीक्षा दी। इस तरह विभिन्न परीक्षाओं की तैयारियों के माध्यम से पढ़ने में रुचि बढ़ती गई। इन वर्षों में मेरी पत्नी की भूमिका सकारात्मक रही। मैं पढ़ाई, बुनाई का काम, टेलीफोन ऑपरेटर की ड्यूटी, ट्रैफिक एसोसिएशन का काम, सामाजिक काम, पंचायती का

काम एवं जम्मा–जागरण के काम में भी व्यस्त रहता था तो इस दौरान बच्चों को सँभालने, उनकी पढ़ाई समेत घर के सारे अन्य काम मेरी धर्मपत्नी के द्वारा ही किए जाते थे।

एक महत्त्वपूर्ण घटना नवंबर 1982 की है। आर.ए.एस. में चयन होने के बाद घर में एक जम्मे का कार्यक्रम हुआ। बड़ी संख्या में लोग आए। टेलीफोन एक्सचेंज के साथी भी आए। मोहल्ले में पहली बार लोगों ने इतनी संख्या में मोटरसाइकिल, स्कूटर और साइकिलें देखीं। जो टेलीफोन एक्सचेंज से साथी आए, वे मेरी पत्नी से परिचय करना चाहते थे और मैं कुछ–कुछ अंतराल के बाद पत्नी का परिचय अपने साथियों से करवा रहा था। दरअसल जो लोग भोजन कर रहे थे, वे उनकी थालियाँ माँजने का कार्य कर रही थीं। यह काम वे चार–पाँच महिलाओं के साथ कर रही थीं। यदि पाना ने यह काम अपने हाथ में नहीं लिया होता तो खाने में अव्यवस्था हो सकती थी और आए हुए मेहमानों के बीच बदनामी भी। बहुत से लोगों ने कहा कि अब तो आप अफसर की पत्नी बन गई हो तो थालियाँ माँजने का काम कोई और कर लेगा, लेकिन पाना देवी उसी जगह बैठकर थालियाँ माँजने का काम करती रहीं। मेरे साथियों ने इनकी इस सादगी, सहजता और सरलता की खूब तारीफ की। जिसमें मुख्य रूप से नथमल लीलड़, बी.के. अग्निहोत्री, ओ.पी. कल्ला, नत्थू महाराज और रामूरामजी आदि प्रमुख थे। जब टेलीफोन एक्सचेंज से मेरी विदाई हो रही थी तो यह विषय काफी चर्चा में रहा। मेरे लिए तो यह गौरवान्वित करनेवाली अनुभूति थी।

वर्ष 1982 में हमारे परिवार का हमारी गली के सामने रहनेवाले चंपालालजी गहलोत के परिवार से झगड़ा हो गया। झगड़ा हाथापाई से आगे बढ़कर मारपीट तक जा पहुँचा। इस झगड़े में चंपालालजी गहलोत का एक दाँत टूट गया तो उनके परिवार के लोगों ने हमारे परिवार के खिलाफ एफ.आई.आर. दर्ज करवा दी। मोहल्ले में पुलिस का आना और

मेघवाल समाज तथा माली समाज के लोगों का आमना-सामना होने से तनाव का वातावरण उत्पन्न हुआ। ऐसी अवस्था में भी मेरी पत्नी पाना देवी ने बहुत संयम रखा। घर की महिलाओं को शांत रहने के लिए कहा और हिम्मत कर माली समाज की महिलाओं से भी वार्त्ता करके यह समझाने का प्रयास किया कि झगड़ा तो एक-दो दिन का है और हमें तो साथ ही रहना है, इसलिए इस झगड़े को शांत करके जितना जल्दी आपस में प्रेम व भाईचारे की भावना का विकास होगा, उतना ही अच्छा होगा। मैं स्पष्ट रूप से कह सकता हूँ कि दोनों समाज की महिलाओं में तनाव को कम करने का अगर किसी महिला ने काम किया तो वह पाना देवी ने ही किया।

वर्ष 1984 में हमारे परिवार में पिताजी और ताऊजी के बीच में घर की जमीन के बँटवारे को लेकर झगड़ा हो गया। मैं उस समय पाली, मारवाड़ में नियुक्त था और मेरी पत्नी पाना देवी किशमीदेसर में ही रहती थी। झगड़े के दौरान जब ताऊजी के लड़के मोतीलाल ने फावड़ा लेकर हमारा घर तोड़ने का प्रयास किया तो पिताजी को गुस्सा आ गया, उन्होंने मोतीलाल को लकड़ी से मारा, जिससे उसको चोट पहुँची और कुछ टाँके भी आए, लेकिन इस तनाव के वातावरण में भी आपस में एफ.आई. आर. दर्ज नहीं होने का एकमात्र कारण था कि पाना देवी का ताऊजी की बहुओं से अच्छा संपर्क था। यह समझाने में पाना देवी सफल रहीं कि एफ.आई.आर. करवाने से कोई हल नहीं निकलेगा। दूसरे दिन मैं पाली से आया तो पाना देवी ने मुझे कहा कि जमीन जाती है तो जाने दो, मगर हमें झगड़ा नहीं करना है और यदि ताऊजी की यही जिद है तो हमें अपने हिस्से की जमीन भी ताऊजी को ही दे देनी चाहिए। मैं इस प्रस्ताव को लेकर ताऊजी के घर गया। जाते हुए मुझे कई लोगों ने समझाया कि अभी उनके घर नहीं जाना चाहिए, क्योंकि बहुत तनाव का माहौल है, किंतु पाना देवी ने कहा कि हमें ही पहल करनी चाहिए और झगड़ा शांत करना चाहिए। मैं गया और ताऊजी के पैर छुए। ताऊजी के लड़कों में

बहुत गुस्सा था; मुझे खूब सुनाया भी, किंतु मैं चुपचाप सुनता रहा। अंत में जैसी जमीन वे चाहते थे, वह देने का निर्णय किया, जिससे हमारा एक तरफ बना हुआ मकान भी टूटा। इस तरह पाना देवी ने झगड़े को शांत करने में मेरा साथ दिया और उसे शांत करवाने में अपनी भूमिका निभाई। मैंने मोहल्ले में देखा है कि आमतौर पर महिलाएँ झगड़े को बढ़ाने या पति को उकसाने का कार्य करती हैं, किंतु इसके उलट, पाना देवी ने झगड़े को शांत करवाने का कार्य किया, जोकि इनके सकारात्मक गुण को दर्शाता है।

वर्ष 1984 में ही मेरे छोटे भाई अनिल की पत्नी पुष्पा की बीमारी का पता चलता है और जाँच से ज्ञात होता है कि पुष्पा को कैंसर हो गया है। उसके बाद पुष्पा को अस्पताल में भर्ती करवाना तथा माँ के साथ अस्पताल में रहना व डॉक्टरों से वार्त्ता करना और नाल जाकर पुष्पा की माँ को समझाना, ये सभी कार्य पाना देवी ने किसी-न-किसी के सहयोग के माध्यम से किए। मैं उस समय पाली में था और लंबे अंतराल के

बाद ही बीकानेर आना होता था। पुष्पा को जब डॉक्टरों ने यह कह दिया कि अब इलाज संभव नहीं है तो उसको घर ले आए। घर आने के बाद मोहल्ले की महिलाएँ पुष्पा से मिलने आईं तो पुष्पा ने पाना देवी की आँखों की तरफ देखकर कहा कि मेरे बेटे अमित का ध्यान आपको ही रखना है। इसका ऐसा असर हुआ कि अमित को इन्होंने अपना बेटा ही माना तथा जहाँ-जहाँ भी मेरी नियुक्ति रही, तब भी अमित साथ ही रहा। अमित के पालन-पोषण से लेकर शिक्षा की पूरी जिम्मेदारी पाना देवी ने ही निभाई।

एक घटना वर्ष 2002-03 की है। उन दिनों हम जयपुर में रहते थे और जयपुर में कई कॉलोनियों में चिकनगुनिया बुखार तेजी से फैल रहा था तो इसी दौरान पाना देवी को भी चिकनगुनिया बुखार ने जकड़ लिया। जयपुर में यह बुखार पहली बार दिखाई पड़ रहा था एवं इस बुखार ने बहुत से महिला व पुरुषों को अपनी गिरफ्त में ले लिया था, हमारे पास में भी एक अन्य महिला को इस बुखार ने जकड़ लिया था। हमारे पड़ोस की महिला ने बहुत शोर मचाया और सारा दिन दर्द से कराहती रहती थी। मेरा ऑफिस कार्य के कारण अधिकतर बाहर ही रहना होता था। पाना देवी को चिकनगुनिया 25-30 दिन रहा था, ऐसी स्थिति में खुद चलकर अस्पताल जाना भी संभव नहीं था। इन विषम परिस्थितियों में भी इन्होंने हिम्मत नहीं हारी। डॉक्टर को फोन करके बुला लेना, पास में पैसा नहीं होने पर उधार ही दवा मँगवा लेना आदि कई ऐसे कार्य, जो चिकनगुनिया बुखार के दौरान इन्होंने स्वयं ही किए। जबकि पड़ोस की महिला को चिकनगुनिया बुखार होने पर उनका पूरा परिवार ही छुट्टी लेकर घर पर रहा था। मैं उन दिनों कार्य की व्यस्तता के कारण कुछ ज्यादा ही बाहर रहा। जब कभी एक-दो दिन के लिए आता तो वे मुझे समझाती थीं कि आप चिंता न करें। कहती थीं कि आपको सरकारी कार्य से बाहर जाना ही होगा और मेरे शरीर का कष्ट तो मुझे ही भोगना पड़ेगा। ठीक होने के

बाद मैंने डॉक्टरों से जानकारी ली तो उन्होंने कहा कि इस बार जयपुर में चिकनगुनिया बुखार के काफी केस आए हैं, लेकिन इस बुखार में जितनी हिम्मत और धैर्य पाना देवी ने रखा, वह अपने आप में काबिल-ए-तारीफ है। पाना देवी का विषम परिस्थितियों में भी साहस और धैर्य न खोना एवं हिम्मत से कार्य लेना नई पीढ़ी के लिए प्रेरणादायी प्रसंग है।

□

समझदारी के साथ समन्वय

राजस्थान प्रशासनिक सेवा में चयनित होने के बाद 1 दिसंबर, 1982 को मैं जयपुर के ओ.टी.एस. भवन में आर.ए.एस. के प्रशिक्षण कार्यक्रम में शामिल हुआ। मई 1985 तक मेरी नियुक्ति पाली जिले में रही। बच्चे धीरे-धीरे बड़े हो गए थे। इस दौरान गाँव में बच्चों की पढ़ाई व अन्य जिम्मेदारियाँ पाना देवी ने ही सँभालीं। बच्चे ठीक से स्कूल जा रहे हैं या नहीं, अध्यापक ठीक से पढ़ा रहे हैं या नहीं, बच्चों की बीमारी में भी दवा इत्यादि सब काम पाना देवी ने ही पूरी जिम्मेदारी से सँभाला। उस दौरान घर में बच्चों की जरूरतों को लेकर कुछ विवाद व तनाव होता रहता था। कुछ विषयों पर देवर व भाभी का विवाद कभी-कभी हो जाया करता था। दादी सास के साथ भी विवाद हो जाता था, क्योंकि मुझ पर यह प्रतिबंध लग गया था कि मैं पूरी तनख्वाह दादी के हाथ में ही दूँगा। नौकरी से पहले बुनाई या अन्य कार्यों से जो रुपए मिलते थे, वे दादी के हाथ में ही दिया करता था। घर में थोड़ा-बहुत पैसा होते हुए भी ऐसा लग रहा था, जैसे पैसे की भारी कमी है। इस कारण पाना देवी का हाथ तंग सा ही रहता था। इसका भी समाधान इन्होंने मनकों से माला बनाकर उसे बाजार में बेचकर निकाल लिया। कभी बच्चों की पढ़ाई के लिए विवाद हो जाता था, तो कभी कपड़ों को लेकर। इन सारी परिस्थितियों में मेरी धर्मपत्नी ने बहुत धैर्य रखा। घर में कभी कोई अशांत वातावरण नहीं बने, इसके लिए

पाना देवी महत्त्वपूर्ण भूमिका निभाती रहीं। बीच-बीच में कुछ सुधारवादी दृष्टिकोण अपनाती रहीं और अपनी बात को मजबूती एवं दृढ़ता से कहने की कोशिश करती रहीं। गलती होने पर माफी भी माँग लेती थीं, जिससे घर का वातावरण दूषित और अशांत होने से बचता रहा।

आरंभ में रवि के स्कूल जाने में थोड़ी बाधा हुई तो उसका ध्यान रखना, घर में भोजन बनाना तथा फिर विद्यालय जाकर देखना, यह एक ऐसा काम था, जिससे अनुशासन के प्रति भय बच्चों में बना रहता था। क्योंकि मैं उस समय पाली में रहता था और महीने में एक या दो बार ही आना होता था। ऐसे में घर की सारी जिम्मेदारी और तनाव दूर करने का काम पाना देवी ने कभी मेरे सहयोग से और कभी खुद में बदलाव लाकर किया। इसी कालखंड में दो महत्त्वपूर्ण घटनाएँ घटीं, जिसमें एक तो पुष्पा का निधन और दूसरा मकान के झगड़े में घर की जमीन का बँटवारा तथा ताऊजी और उनके लड़कों द्वारा हमारे घर को तोड़ना, ये दोनों बातें मेरे दिल-दिमाग में काफी तनाव पैदा करनेवाली बड़ी घटनाएँ थीं। लेकिन इन कठिन परिस्थितियों में समन्वय, संतुलन स्थापित करके परिवार के अन्य लोगों से बोलना, उनसे लगातार मिलना जारी रहा, जिससे परिवार में तनाव भी कम हुआ और बच्चों में आपसी प्रेम बना रहा।

जब पाली से मेरा स्थानांतरण झुंझुनू हुआ और वहाँ मैंने परिवार के साथ किराए के मकान में रहना प्रारंभ किया तो वहाँ भी मेरी धुन पढ़ने की ही रहती थी। उस समय परिवार को सँभालने का कार्य पाना देवी द्वारा किया जाता था। झुंझुनू से जब मेरा धौलपुर स्थानांतरण हुआ तो अमित वहाँ साथ था। धौलपुर में मथुरा, वृंदावन, ग्वालियर, आगरा आदि जगहों की यात्रा के कारण पाना देवी के व्यक्तित्व-विकास में वृद्धि हुई। धौलपुर से मेरा स्थानांतरण श्रीगंगानगर हुआ। घर में कपड़े धोने की व्यवस्था को लेकर मैं यहाँ पर उल्लेख करना चाहता हूँ कि जब किशमीदेसर में रहते थे या उसके बाद जहाँ-जहाँ मेरी नियुक्ति रही तो यह विषय चर्चा में रहता

था कि सबके कपड़े धोने का काम पाना देवी द्वारा ही किया जाता था। मेरे पिताजी आमतौर पर किसी से कपड़े नहीं धुलवाते थे, लेकिन जिद करके सबके कपड़े पाना देवी धोती थीं। यह इनका एक नियम बन गया था या यों कहें कि आदत सी हो गई थी। कई बार लोग ऐसा पूछते थे कि आपके घर में कपड़े धोने की मशीन है क्या? लेकिन उस जमाने में हमारे पास मशीन नहीं थी। श्रीगंगानगर में जब मेरी नियुक्ति हुई तो कुछ ऐसे रिश्तेदार और मेहमान आए, जिन्होंने कहा कि आपकी पत्नी सबके लिए भोजन बनाती है, बरतन माँझती है और कपड़े भी धोती है तो आप कम-से-कम अब कपड़े धोने की मशीन तो खरीद लो। उन सबके आग्रह पर कपड़े धोने की एक छोटी मशीन खरीदी, किंतु मशीन से पहले और बाद भी कपड़े धोने का पूरा काम पाना देवी द्वारा ही किया जाता रहा। कुछ ऐसे मेहमान होते थे, जो अपने कपड़े खूँटी पर टाँग देते थे। उनके कपड़ों से सामान निकालकर पहले उन्हें धोना और बाद में प्रेस करके वापस दे देना, यह इनका परिश्रम और लगन ही थी, जिससे घर और घर के बाहर के लोगों का दिल जीतने का इन्होंने भरपूर प्रयास किया।

श्रीगंगानगर में मेरे द्वारा स्कूटर खरीदा गया तथा स्कूटर चलाना एवं जीप चलाना यहीं सीखा गया। परिवार के सभी बच्चों की शिक्षा व्यवस्थित रूप से होने लगी, जिसमें ट्यूशन भी सम्मिलित थी। जब कभी बीकानेर आने का मौका पड़ता था तो श्रीगंगानगर से बीकानेर प्राइवेट कार से आने की परंपरा यहीं से पड़ी। जिला उद्योग केंद्र के पास एक सरकारी क्वार्टर था, जहाँ मेरा परिवार निवास करता था। एक बार गर्मियों के मौसम में कूलर के सहारे से चूहे घर में प्रवेश कर रहे होंगे तो चूहों के पीछे एक खतरनाक और जहरीला साँप भी अपनी खुराक चूहा पकड़ने के लिए कमरे में प्रवेश कर गया और ड्रेसिंग टेबल पर चढ़ने के समय उसको स्वयं का प्रतिबिंब दिखा तो वह जोर से फन मारने लगा तथा आवाजें करने लगा तो साजो-सामान की वस्तुएँ, जैसे—पाउडर का डिब्बा, जिससे वह लिपटने

का प्रयास कर रहा था तो डिब्बा नीचे गिर गया और मेरी पत्नी की नींद खुल गई। लाइट जलाई तो सामने साँप को देखकर जोर से चिल्लाई। पत्नी के चिल्लाने की आवाज सुनकर हम सभी को चेत हो गया और देखा तो साँप कुंडली मारकर बैठा था। हम सभी कमरे के बाहर निकल गए, लेकिन मेरी छोटी बेटी रचना पलंग के सहारे नीचे ही सो रही थी और वह नींद नहीं खुलने की वजह से बाहर नहीं आ पाई। तब पाना देवी तुरंत अंदर गई और रचना के हाथ को खींचा और घसीटकर बेटी रचना को बाहर निकाला। साँप को बड़ी मुश्किल से बाहर निकाला और चैन की साँस ली। उस दिन साँप किसी को डस भी सकता था, किंतु काँच और पत्नी की सजगता से बड़ी हानि होने से बच गई।

सितंबर 1998 में जब मेरी नियुक्ति बाड़मेर में अतिरिक्त जिला कलेक्टर, विकास (प्रोजेक्ट डायरेक्टर डी.आर.डी.ए.) के रूप में हुई तो इनकी जीवन में पहली हवाई जहाज से यात्रा हुई, जो जयपुर से जोधपुर के लिए थी। इस यात्रा में इनको थोड़ा डर भी लग रहा था। बाड़मेर ठेठ पश्चिमी राजस्थान की पाकिस्तान से लगती हुई अंतरराष्ट्रीय सीमा से सटा हुआ महत्त्वपूर्ण जिला होने के कारण अधिकारियों की संख्या भी ठीक-ठाक रहती थी। यहाँ पर जिला कलेक्टर उस समय आर.एन. अरविंद होते थे। वे प्रत्येक रविवार को बैठक रखते थे, जिसमें कभी-कभी अधिकारियों की पत्नियाँ भी आती थीं। इस तरह की बैठकों में मेरी पत्नी का कई बार आना-जाना होता था। अधिकतर अधिकारियों की पत्नियाँ हिंदी या अंग्रेजी-भाषी होती थीं। लेकिन मेरी पत्नी सीधी-सपाट मारवाड़ी में ही बात करती थी, जिससे इन्होंने अन्य लोगों पर अपना प्रभाव छोड़ना शुरू किया। जिस अधिकारी के घर में बैठक होती थी, उसकी रसोई के काम में हाथ बँटाना इनका स्वभाव था। इस अच्छाई का लाभ पाना देवी ने भरपूर उठाया।

यहाँ भी एक बात स्पष्ट थी कि इन सारी परिस्थितियों में घबराना नहीं, बल्कि निरंतर उत्साह बनाए रखना, यह इनके व्यक्तित्व की खूबी

रही। ऐसे में बाड़मेर में नौकरी का कालखंड महत्त्वपूर्ण रहा। इस दौरान यहाँ पत्नी के मन में आया कि बच्चों को गाड़ी चलाना सीखना चाहिए। मनीषा का इन सबसे लगाव कम था, लेकिन रचना की इच्छा थी। हमारे सरकारी ड्राइवर श्री डूँगररामजी हुआ करते थे। उनको पत्नी ने कहा कि सुबह-सुबह आप रचना को गाड़ी चलाना सिखाओ। वे गाड़ी सिखाने के लिए दो-चार किलोमीटर दूर कहीं ले गए और उन्होंने रचना को एक सलाह दी कि 'बाईसा, यदि आप ड्राइवर सीट की जगह अधिकारी की सीट पर बैठने के लिए योग्य बनो तो मुझे अच्छा लगेगा। ड्राइवर तो जिंदगी में बहुत मिलेंगे।' यह बात रचना के मन में बहुत दिन तक खटकती रही। मुझे आकर बताया तो ड्राइवर श्री डूँगररामजी की यह बात ठीक लगी और जीवन में प्रेरणा देनेवाली भी थी।

□

**गलती जीवन का एक पन्ना है,
लेकिन रिश्ता पूरी किताब है, जरूरत पड़ने पर गलती का पन्ना फाड़ देना, लेकिन एक पन्ने के लिए पूरी किताब कभी न खो देना।**

रोटी सबसे मोटी

पाना देवी जब विवाह के बाद किशमीदेसर वाले घर में आई, तब से लेकर अब तक खाना बनाना और खाना खिलाने का इनका अलग ही अंदाज रहा है। जब मैं टेलीफोन ऑपरेटर था तो किशमीदेसर गाँव में ही रहना होता था। तब मेहमान कम ही आते थे। जब रिश्तेदार आते थे तो उनके लिए खाना बनाना और खिलाना इनकी दैनिक दिनचर्या का हिस्सा थे। इसके बाद मेरी झुंझुनू पोस्टिंग के समय पाना देवी मेरे साथ गई थीं तो मेहमानों की संख्या भी बढ़ी। सबको प्रेम से और आग्रहपूर्वक भोजन कराने की इनकी विशेषता यहाँ बहुत काम

आई। समय गुजरने के साथ-साथ झुंझुनू में कुछ लोगों का एक ऐसा क्लब सा बन गया था, जो सब्जी का प्रबंध तो कहीं ओर से करते थे, लेकिन रोटी पाना देवी से ही बनवाकर खाते थे। मुझे अच्छी तरह याद है कि एक साथ 50-60 रोटियों के लिए आटा गूँधना और चूल्हे पर रोटी बनाना बड़ा ही कठिन कार्य था, लेकिन वह कठिन काम भी बड़े उत्साह से पाना देवी द्वारा किया जाता था। झुंझुनू में ही जब मेहमानों की संख्या बढ़ने लगी तो मेहमानों से यह सुझाव आया कि आपको गैस कनेक्शन ले लेना चाहिए, तब पहली बार हमने 1988-89 में गैस कनेक्शन लिया, लेकिन तब भी दैनिक रूप से भोजन तो चूल्हे पर ही बनता था। बस कभी-कभी ज्यादा मेहमान आने पर गैस का प्रयोग होता था। एच.पी. मिश्रा डी.टी.ओ., ताराचंद चौधरी आर.सी.एस., विश्वेश जोशी जेल सुपरिंटेंडेंट, के.एम. काला खादी अधिकारी, ओ.पी. शर्मा विद्युत् अधिकारी आदि कुछ लोगों का सप्ताह में दो-तीन बार भोजन मेरे घर पर ही होता था।

उसी श्रृंखला में डी.आर. जोधावत, जो जिला परिषद्, झुंझुनू में सी.ई.ओ. बनकर आए थे, उनका भोजन घर से ही जाता था। कभी-कभी तो वे खुद भी आ जाते थे। सी.आर. बुनकर, जो सेंट्रल एक्साइज ऐंड कस्टम में डिप्टी कमिश्नर हैदराबाद में नियुक्त थे। उनकी दूसरी शादी का जिक्र डी.आर. जोधावत द्वारा किया जा रहा था। मैं उस समय घर में नहीं था, लेकिन मेरी पत्नी को यह बात बिल्कुल भी पसंद नहीं आई। आमतौर पर शांत रहनेवाली मेरी पत्नी ने डी.आर. जोधावत को खरी-खरी सुनाई और कहा कि ऐसी परंपरा को बंद करना चाहिए। किसी की पत्नी अनपढ़ हो या सुंदर नहीं हो और वह व्यक्ति अफसर बन जाए तो केवल सुंदर पत्नी की चाहत में ही दूसरा विवाह करना किसी भी प्रकार से उचित नहीं है। यह प्रथा बंद होनी चाहिए। यह नहीं भूलना चाहिए कि अफसर बनने में उस पत्नी के भी भाग्य का बड़ा हाथ होता है, लेकिन अफसर बनने के बाद उसे भूल जाओ, यह प्रवृत्ति तो कतई ठीक नहीं कही जा सकती। इससे समाज में बहुत गलत संदेश जाता है और फिर ऐसा अहसान-फरामोश व्यक्ति कभी सुख नहीं पाता है। मेरे वापस आने के पश्चात् जब मुझे यह बात पता चली तो मैंने भी खुलकर इस बात का विरोध किया और जोधावत साहब को समझाने की पूरी कोशिश की।

मेरे सार्वजनिक जीवन में आने के बाद, यानी 2009 में बीकानेर से लोकसभा सांसद चुने जाने के बाद मेरी पत्नी पाना देवी की जो भोजन कराने की प्रवृत्ति थी, उसमें और भी अधिक निखार आ गया था। 15वीं लोकसभा में जब संसद् सत्र चलता था तो इनका दिल्ली आना-जाना लगा रहता था। 15वीं लोकसभा में संसदीय क्षेत्र से या बाहर से जितने भी लोग आते थे, उनको ठीक से भोजन कराना, उनके ठहरने की व्यवस्था करना, कोई समस्या है तो उसको सुनना, यह सब इनके दैनिक जीवन का मानो एक अभिन्न हिस्सा बन गया था। सभी लोगों को अपने हाथ से भोजन बनाकर प्रेमपूर्वक खिलाने से लोगों में एक सकारात्मक एवं

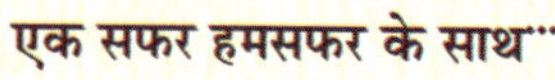

प्रभावी संदेश गया, जिसका पता मुझे क्षेत्र में व गाँवों में जाने के बाद लगता था। सभी लोग इस बात की तारीफ खुले मंच एवं व्यक्तिगत रूप से मेरे पास आकर करते थे।

पंद्रहवीं लोकसभा में जब हम 15 नॉर्थ एवेन्यू में रहते थे तो कोलायत तहसील के चांडासर निवासी एक सज्जन पूर्व सांसद जमनाजी बारूपाल को ढूँढ़ते हुए हमारे यहाँ आ गए। उस समय भोजन का समय था तो वे बैठ गए, लेकिन उन्होंने भोजन नहीं किया। पाना देवी ने उनसे पूछा कि यदि आपने भोजन नहीं किया है तो भोजन कर लो। फिर दो-तीन घंटे बाद ही रसोई खुलेगी। पर वे भोजन के लिए नहीं उठे। तब इन्होंने जबरदस्ती भोजन के लिए कहा तो उनके मन में भाव आए कि ये लोग भाजपा पार्टी के लोगों को ही भोजन कराते होंगे। तब उन्होंने कह दिया कि हम तो कांग्रेसी हैं। यह सुनकर पाना देवी ने तपाक से कहा कि 'थे कांग्रेसी हो, पर म्हारा घर री रोटी खाल्यो तो उलटी हुवै कईं थाँ र।' इस बात से वे सज्जन बहुत प्रभावित हुए और आनंदपूर्वक भोजन किया। साथ में यह आशीर्वाद भी दिया कि 'थाँनै राजनीति में कोई कोनीं हरा सके।' कहा कि हम कई कांग्रेसी नेताओं के घर अपने राजनीतिक जीवन में गए हैं, किंतु इतना प्रेम से और इतनी जिद करके कभी किसी ने भोजन नहीं करवाया। पत्नी ने कहा कि भूख तो सभी को लगती है। हमारे यहाँ जो आता है, उसे हम केवल राजनीति की नजर से नहीं देखते हैं। जो यहाँ आ गया और यदि वह भूखा है तो उसे भोजन करवाते ही हैं। यह हमारी संस्कृति भी है।

दूसरी बार 16वीं लोकसभा में चुनाव जीतने में यह एक बड़ा मुद्दा रहा था। दिल्ली में मकान थोड़ा बड़ा मिला तो वहाँ खाने की व्यवस्था पहले से बेहतर हो गई। मंत्री बनने के बाद तो मकान और भी बड़ा मिला, जहाँ खाने एवं रहने की अलग व्यवस्था कर दी गई, जिसको बराबर देखने का काम पाना देवी ही करती हैं। एक बार राष्ट्रीय स्वयंसेवक संघ

के बड़े पदाधिकारी घर आए हुए थे, उनको पूरी मेहमानवाजी के साथ आदरपूर्वक भोजन करवाया जा रहा था तो उन्होंने अनायास ही पूछ लिया कि भोजन के समय मंत्र नहीं बोलते हो क्या? तो पाना देवी ने कहा कि हमें तो एक ही मंत्र आता है—'रोटी सबस्यूँ मोटी।'

बीकानेर के सुप्रसिद्ध साहित्यकार स्व. फकीरचंदजी व्यास जब भी दिल्ली आते तो हमारे घर ही ठहरते थे। फकीरचंदजी लहसुन और प्याज नहीं खाते थे तो उनके लिए यह बड़ी समस्या रहती थी कि बिना लहसुन-प्याज का भोजन कैसे मिलेगा। पाना देवी हमेशा ही अपने हाथों से बीकानेर की देसी सब्जी, पापड़, मंगोड़ी, बड़ी और अन्य हरी सब्जी व दाल का प्रबंध करती थी। भोजन बनाने व खिलाने के प्रति इतना प्रेमभाव देखकर फकीरचंदजी भावुक हो जाते थे। एक दिन मेरे द्वारा हालचाल पूछने पर फकीरचंदजी जब पाना देवी के आदर-सत्कार के बारे में बता रहे थे तो उनकी आँखों से आँसू आ गए। फकीरचंदजी हमेशा कहते थे कि मैंने अपनी जिंदगी में इतनी महिलाएँ देखीं व इतने परिवारों से संपर्क रहा, किंतु ऐसी 'अन्नपूर्णा देवी' कहीं नहीं देखी।

□

समय, सत्ता, संपत्ति और शरीर सदा साथ नहीं देते,
लेकिन स्वभाव, समझदारी, सत्संग
और सच्चे संबंध सदा साथ देते हैं।

मातृत्व एवं सेवा का भाव

वर्ष 1999 में जब बाड़मेर से स्थानांतरण होकर जयपुर आना हुआ, तब अपने नए मकान की इच्छा दिल में लेकर देवीनगर स्थित बने-बनाए मकान को देखा, तब उस मकान के लिए मेरी पत्नी ने तुरंत हाँ कर दी। मैंने पूछा कि इतनी जल्दी हाँ कैसे कर दी ? इस पर पाना देवी ने कहा कि पुत्री मनीषा का विवाह करना है, इसलिए जल्दी ही मकान लेना है। उस समय मनीषा की सगाई हो गई थी और वह ससुराल के लोगों से मिलने भी लग गई थी। तब रिश्तेदार अकसर यही प्रश्न पूछते थे कि घर का मकान है क्या ? तो यह बात मन में बहुत चुभती थी, इसलिए यह तय कर लिया था कि अपना घर का मकान लेना है। एक माँ के रूप में मेरी पत्नी के मन में यह बात भी थी कि बेटी का विवाह घर के मकान में ही करना है और पत्नी के रूप में यह कि अपना स्वयं का मकान होना चाहिए एवं मन में एक टीस यह कि हमारा अपना घर का मकान ही नहीं है। मैं सहज रूप से जीनेवाला व्यक्ति था और सोचता था कि मकान हो जाएगा, लेकिन पाना देवी ने यद्यपि शीघ्रता में निर्णय लिया, किंतु यह निर्णय अच्छा ही साबित हुआ। जब वर्ष 2000 में मनीषा का विवाह हुआ और वर्ष के अंत में रवि का विवाह हुआ तो अहसास हुआ कि मकान खरीदने का निर्णय कितना आवश्यक और महत्त्वपूर्ण था।

वर्ष 2000 मेरे जीवन के लिए बेहद महत्त्वपूर्ण रहा। पाना देवी की

यह इच्छा हमेशा से थी कि कभी हमारा खुद का भी घर होगा क्या? पर समय के साथ इनकी इस इच्छा की पूर्ति हुई और इसी वर्ष घर में दो विवाह भी हुए। 1 जनवरी, 2000 जोकि 21वीं सदी का पहला दिन था, उस दिन बजाज नगर के सरकारी आवास, बी 1/20 से हम 165-बी, देवीनगर में चले गए थे, जो हमारा अपना निजी घर था। मैं उस दिन बाड़मेर से आया था। बारह बजे के आसपास बहुत जोर से पटाखे छोड़ने की आवाजें आईं तो मैं बाहर निकला और पत्नी से पूछा कि यह क्या हो रहा है? तो उन्होंने कहा कि 'थानैं ठा ही कोनीं, 21वीं सदी शुरू होगी है, अर लोग पटाखा छोड़ रिह्या हैं।' मैं उसी वक्त सोचने लगा और 21वीं सदी का चिंतन करने लगा। यह संयोग ही था कि 21वीं सदी की शुरुआत 165-बी, देवीनगर में हुई। ऐसे में वर्ष 2000, जो इस शताब्दी का पहला वर्ष था, हमारे परिवार के लिए बहुत शुभ रहा।

इसी मकान में 21 फरवरी, 2000 को मनीषा (पुत्री) का विवाह हुआ। मेरे परिवार में यह पहला विवाह था। विवाह की व्यवस्थाएँ एवं प्रबंधन परिवार के सभी लोगों ने सँभाला, जिसमें मेरी पत्नी का महत्त्वपूर्ण योगदान रहा। इसी वर्ष 7 दिसंबर, 2000 को रवि (पुत्र) का भी विवाह संपन्न हुआ, जिसकी सारी व्यवस्थाएँ परिवार द्वारा की गईं, इसमें भी पाना देवी का विशेष योगदान रहा। इसके बाद पाना देवी यह कहने लगीं कि 'ओ मकान तो शुभ है।' यद्यपि मकान छोटा था, लेकिन परिवार के सभी सदस्यों का आग्रह था कि इसी मकान में रहना है।

1 अगस्त, 2001 में मनीषा (पुत्री) की सेवायतन अस्पताल में डिलीवरी होती है तथा 16 दिसंबर, 2001 को सुशीला (बहू) की भी सेवायतन अस्पताल में डिलीवरी होती है। इन दोनों की डिलीवरी का जिम्मा पाना देवी के पास ही रहता है। मातृत्व भाव से केवल सँभालना ही नहीं, बल्कि कई दिनों तक पास रहकर सकारात्मक दृष्टिकोण से पारिवारिक संबंधों को निभाना और मिलने आनेवालों से सकारात्मक बात

करना। मैं कभी-कभी ऐसा सुनता था कि कोई महिला ऐसी आती थी, जो कहती थी कि आपके परिवार में पोती और दोहिती दोनों लड़कियाँ आ गई, तो इनका जवाब होता था कि हम भाग्यशाली हैं, जो घर में दो-दो लक्ष्मी आई है और 'बेटा काँई बाजरी लावै कईं। म्हारी नजराँ में तो बेटा-बेटी एक समान हैं।' यह भाव महिलाओं में कम ही होते हैं और पाना देवी का यह भाव दिखावटी नहीं होकर अंतर्मन से था। दोनों ही लड़कियों को पाना ने पूरे मन से प्यार दिया, जो अपने आप में अपेक्षित तो था, लेकिन दादी और नानी होते हुए भी एक माँ के रूप में उन्होंने अपनी भूमिका निभाई। सुशीला और मनीषा के जब दूसरे बच्चे की डिलीवरी होती है तो पुत्रियों का ही घर में आगमन होता है। उस समय भी समाज, रिश्तेदार व मिलनेवालों का यही कहना था कि लड़की हुई है। लेकिन पाना देवी का भाव यही था कि हम भाग्यशाली हैं, जो हमारे यहाँ लड़की हुई है।

हमारी छोटी बेटी रचना का विवाह जालौर जिले के धामसीन गाँव में हुआ। जयपुर से धामसीन गाँव की दूरी 600 किलोमीटर के आसपास

है और बीकानेर से भी धामसीन की दूरी लगभग इतनी ही है। विवाह के बाद बच्ची की विदाई के क्षण बहुत मार्मिक एवं भावुक थे। उस समय मैं काफी भावुक हो गया था। मैं मनीषा की विदाई के समय भी बहुत भावुक हो गया था, लेकिन मनीषा का ससुराल नजदीक था और जयपुर भी आना-जाना था और रचना का ससुराल दूर था। लेकिन मेरी पत्नी ने एक माँ होते हुए भी मुझे यह समझाने की कोशिश की कि लड़की को तो एक दिन घर छोड़कर जाना ही होता है, यही समाज की परंपरा है। जहाँ तक बात दूरी की है तो यदि लड़की के ससुराल वाले अच्छे हों, पति अच्छा हो तो दूरी कोई मायने नहीं रखती है। चूँकि मेरी बड़ी लड़की मनीषा का विवाह जयपुर के नजदीक हुआ और छोटी लड़की इतनी दूर जा रही थी, यह बात थोड़ी मन को असहज करनेवाली थी। बीकानेर और जालौर के कल्चर में फर्क था। फिर भी पाना देवी ने कहा कि निराश नहीं होना है, मनोबल बनाए रखना है। पाना देवी का यह परिपक्व व्यवहार परिवार में प्रेरणादायक था। कुछ समय बाद छोटी बेटी रचना ने संतान को जन्म दिया तथा उसके यहाँ भी लड़की का ही जन्म हुआ।

वर्ष 1992 में मेरी माँ के गालब्लेडर में शिकायत हुई, इसलिए मैं उनको इलाज के लिए श्रीगंगानगर ले आया। जाँच करने के बाद पता चला कि गालब्लेडर में पथरी है; उसे निकालने हेतु ऑपरेशन करवाना पड़ा। मुझे श्रीगंगानगर में ऑफिस व अन्य कार्यों में व्यस्त रहना पड़ा। अस्पताल में भर्ती कराने एवं ऑपरेशन के बाद मैं अस्पताल में ज्यादा समय नहीं दे पाया, लेकिन मेरी पत्नी पाना देवी को धन्यवाद ज्ञापित करता हूँ कि लगभग 25 दिनों तक निरंतर अस्पताल में रहकर माँ की सेवा-शुश्रूषा की। सास और बहू के प्रेम की प्रगाढ़ता को बढ़ानेवाली यह घटना मेरी माँ के मस्तिष्क में अंकित हो गई थी। नई पीढ़ी को जब भी ऐसा अवसर आए तो अपनी सास की सेवा करने के लिए पूर्ण मनोयोग से प्रयास करना चाहिए और सास का दिल जीतना चाहिए।

इसी अवधि में मेरे पिताजी की आँख का ऑपरेशन श्रीगंगानगर में हुआ। पिताजी की सेवा भी पाना देवी ने ही की। मेरे छोटे बेटे नवीन की आँख को हमने श्रीगंगानगर के अंधविद्यालय में दिखाया, जो स्वामी ब्रह्मदेवजी द्वारा संचालित है। वहाँ डॉ. बलजीत सिंहजी आए हुए थे। स्वामीजी के आग्रह पर डॉ. बलजीत सिंह नवीन की आँख का ऑपरेशन करने के लिए राजी हुए। ऑपरेशन का समय स्वामीजी ने दिलवाया। हम नवीन की आँख का ऑपरेशन करवाने के लिए अमृतसर गए। स्वामीजी ने इसकी पूरी जानकारी ली। उन्हीं दिनों में पाना देवी की श्रद्धा स्वामीजी के प्रति बढ़ गई। इसके बाद प्रत्येक महीने एक आँख के ऑपरेशन हेतु पाना देवी दान देती रहीं। ऐसा भाव पाना देवी में इसलिए आया, क्योंकि उनको कहना था कि शरीर के सभी अंगों में आँख का कार्य बड़ा महत्त्वपूर्ण है और स्वामीजी इस कार्य को निस्स्वार्थ भाव से एवं निष्ठा से कर रहे हैं।

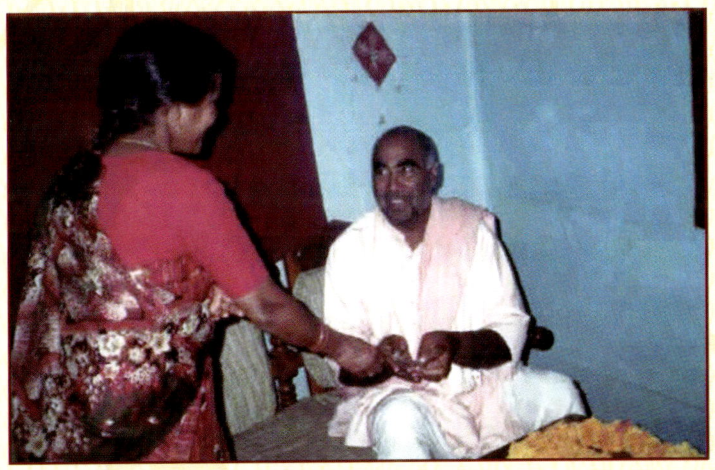

मनीषा की सास

वर्ष 2002 में बड़ी बेटी मनीषा की सास बीमार हो गईं, उन्हें अस्पताल में भर्ती कराना पड़ा तथा उनका ऑपरेशन करवाना पड़ा। पाना

देवी को पूरे 7 दिन तक उनके साथ अस्पताल में रहना पड़ा था। थोड़े समय के लिए ही घर पर दैनिक क्रियाकलाप के लिए आती थीं। उनके घर में भी कई महिलाएँ थीं, जो अस्पताल में देखभाल में वहाँ रह सकती थीं, किंतु पाना देवी का हृदय इतना सरल है कि उन्होंने तुरंत अस्पताल में रुकने का निर्णय लिया। इससे मनीषा व घर के अन्य सदस्यों को परेशानी नहीं आई। अस्पताल के एक वार्ड में लुहार समाज की एक महिला भर्ती थी। उस महिला के परिवार के सदस्य भी साथ थे, किंतु गरीब होने के कारण व उनके कपड़ों की दुर्दशा को देखकर डॉक्टर उनको ज्यादा देर अस्पताल में नहीं रुकने देते थे। पाना देवी से यह सब नहीं देखा जाता था, उन्होंने मरीज के परिवार वालों से कहा कि आप साफ-सुथरे रहोगे तथा कपड़े साफ पहनोगे तो मरीज महिला जल्दी ठीक हो जाएगी। किंतु उनके पास साबुन खरीदने तक के पैसे नहीं थे तो पाना देवी ने कपड़े धोने एवं नहाने के साबुन के पैसे दिए और कहा कि आप अस्पताल में नहा-धोकर आइए, जिससे आपका तन और मन दोनों स्वस्थ रहेगा। इस तरह इन्होंने उनका सहयोग किया, जिससे स्पष्ट होता है कि मानवता के प्रति हमदर्दी का भाव इनके मन में सदैव रहता है।

दिसंबर 2004 की घटना है, मेरी बेटी रचना के होने वाले ससुराल से कुछ लोग आए हुए थे। उनके साथ कुछ महिलाएँ थीं, जिनको बिरला

मंदिर व मोतीडूँगरी मंदिर के दर्शन करने थे। एक महिला व एक पुरुष ऐसे थे, जो जीप में कभी नहीं बैठे थे। यद्यपि हमारे घर से मंदिर की दूरी ज्यादा नहीं थी, फिर भी उस महिला व पुरुष को मंदिर पहुँचते-पहुँचते उलटी आना शुरू हो गया। पाना देवी ने बड़ी समझदारी का परिचय दिया और सोचा कि मंदिर परिसर खराब नहीं हो जाए तो उलटी को अपने हाथ एवं साड़ी में ले लिया। बाद में सबने कहा कि आपके कपड़े एवं चेहरा उलटी से खराब हो गया तो पाना देवी ने कहा कि आपको इससे आराम मिला, यही मेरे लिए बड़ी बात है। इससे अंदाजा लगाया जा सकता है कि मेरी पत्नी एक अलग तरह के करुणामयी स्वभाव वाली महिला है। इस घटना को आज भी मेरी बेटी रचना के ससुराल वाले याद करते हुए दूसरों को प्रेरणा देने का कार्य करते हैं।

बात 1994 के शुरुआती दिनों की है। अबोहर निवासी द्रौपदी का विवाह हमारे सरकारी आवास में हुआ था, जिसका कारण यह था कि अबोहर पंजाब में आता था और पंजाब में उस समय आतंकवाद था। मेरे मित्र श्री एम.एल. राठी के भाई श्याम की सगाई द्रौपदी से हो गई थी, लेकिन राठी परिवार ने यह कहा कि हम बारात लेकर पंजाब नहीं जाएँगे और अबोहर निवासी द्रौपदी के पिता ने कहा कि हम लड़की लेकर के आपके पास नहीं आएँगे। ऐसी परिस्थिति में विवाह-संबंध टूटनेवाला था तो एक समाधान निकाला और द्रौपदी के पिताजी अबोहर से श्रीगंगानगर आने के लिए राजी हो गए। मैंने अपनी पत्नी की प्रेरणा से राठीजी को एक प्रस्ताव दिया कि श्याम का विवाह हमारे श्रीगंगानगर स्थित सरकारी आवास पर ही होगा। दोनों परिवारों से काफी रिश्तेदार आए तो उनके लिए प्रबंध करना और उनकी सेवा करने का सब पाना देवी ने पूरे मन से किया।

कुछ समय बाद द्रौपदी की माँ बीमार हो गईं। उनके बच्चों ने अपनी माँ को श्रीगंगानगर दिखाया तो पता चला कि कोई गाँठ है,

जिसका ऑपरेशन होना है और अस्पताल में काफी समय रहना पड़ेगा। हमने अस्पताल में द्रौपदी की माँ को भर्ती करवा दिया। डॉक्टरों से मिलवा भी दिया, लेकिन उनके मिलनेवाले अबोहर के पास दो ताराँवाली गाँव से काफी संख्या में अस्पताल आने लगे और कुछ रहने भी लगे। खाना कहाँ खाएँ, यह समस्या सामने आई। मेरी पत्नी ने सहजता से कह दिया कि भोजन मैं बना दूँगी। दो महीने से ज्यादा द्रौपदी की माँ अस्पताल में इलाज के लिए भर्ती रहीं। इस दौरान दो ऑपरेशन भी हुए। जरूरत पड़ने पर खून की व्यवस्था की गई। इस परिवार से हमारी कोई विशेष जान-पहचान भी नहीं थी, लेकिन सुबह-शाम करीब 25-30 लोगों का भोजन बनाना। कई टिफिनों में भेजना, फिर वापस शाम को टिफिन धोना और फिर शाम का भोजन बनाना। यह सिलसिला मैंने और मेरे बच्चों ने नजदीक से देखा। बिना किसी विशेष जान-पहचान के बावजूद खाना ले जाना और अस्पताल जाकर द्रौपदी की माँ को देखना तथा वहाँ रहकर सेवा-शुश्रूषा करना यह क्रम पूरे दो महीने तक चला। इस घटना से मेरे मन में पत्नी के प्रति श्रद्धा के भाव और भी दृढ़ हुए। कोई नौकर-चाकर नहीं होते हुए, स्वयं ही इतनी व्यवस्था करना एक बड़ी बात थी। ऐसे में एक ही भाव से ऐसी सेवा की जा सकती है कि कोई बीमार है तो उसकी सेवा करना मानवता के नाते हमारा धर्म है। इसी भाव से मेरी पत्नी द्वारा बच्चों की पढ़ाई में बाधा का भी ध्यान नहीं रखते हुए द्रौपदी की माँ की सेवा करना तथा मिलने आनेवालों को भोजन करवाना अपनी प्राथमिकता समझी। मेरे जीवनकाल में इस घटना ने पत्नी की सेवा भावना से रूबरू करवाया।

वर्ष 1994-95 में मेरी मौसी का बेटा राजकुमार, जो मुंबई में कस्टम अधिकारी है, उसकी पत्नी शांति डिलीवरी के दौरान बीकानेर में बीमार पड़ गई। उसको एक पैरालॉटिक अटैक आ गया, जिससे स्थिति गंभीर हो गई। उसके बाद वह पंद्रह-बीस दिन निजी अस्पताल

में तथा बाद में पी.बी.एम. अस्पताल, बीकानेर में भर्ती रही। पी.बी.एम. के डॉक्टरों ने भी हाथ खड़े कर दिए; कहा कि स्थिति हमारे हाथ में नहीं रही, इसलिए जयपुर रैफर करना पड़ेगा। शांति को जयपुर रैफर किया गया। चूँकि मेरी पोस्टिंग जयपुर में ही थी, अतः जयपुर एस.एम. एस. अस्पताल में विशेषज्ञ चिकित्सक डॉ. घारकर की यूनिट में भर्ती करवाने का विचार किया गया। इस दौरान शांति का लगभग दो महीने तक इलाज चला। मेरी पत्नी ने दिन-रात अस्पताल में रहकर ही शांति की सेवा की। सिर्फ एक घंटे के लिए ही दैनिक दिनचर्या के लिए पाना देवी का घर पर आना होता था। दो महीने तक यह प्रक्रिया लगातार चलती रही। शांति से मिलने काफी रिश्तेदार व लोग आते थे तो उनको भी देखना, उनके भोजन की व्यवस्था करना, यह सब कार्य मेरी पत्नी ने बखूबी निभाया। शांति की छोटी बहन कुछ दिन आकर रही एवं चली गई, कुछ दिन बड़ी बहन रही, किंतु वह भी दो-चार दिन में ही चली गई थी। बड़ी जेठानी कुछ दिन के लिए अस्पताल में रही, लेकिन राजकुमार की बहन पुष्पा अस्पताल में रही।

ऐसे में पाना देवी के मन में सिर्फ एक ही भाव था और वह था—'नर सेवा नारायण सेवा'। घर आकर बच्चों के लिए भोजन तैयार करना तथा हॉस्पिटल में आए हुए लोगों के लिए टिफिन लेकर जाना आदि नियमित कार्य थे। शांति के नियमित दिनचर्या के कार्य पाना देवी द्वारा ही किए जाते थे। एस.एम.एस. अस्पताल में इलाज के बाद शांति काफी ठीक हो गई थी। फिर किसी ने सुझाव दिया कि पूरी तरह स्वस्थ होना है तो एस.एम.एस. से संतोकबा दुर्लभजी अस्पताल में शिफ्ट किया जाए। ऐसा ही किया गया और शांति को दुर्लभजी अस्पताल में भर्ती करवाया गया। शांति की हालत में काफी सुधार हो गया था और वह पूर्णतया स्वस्थ हो गई थी। कुछ दिनों बाद उसे छुट्टी मिल गई और वे लोग मुंबई चले गए। मेरी पत्नी द्वारा लगातार दो महीने किसी एक

महिला की सेवा करना और वह भी उसकी, जो रिश्ते में देवरानी लगती हो। शांति और मेरी पत्नी की बोलचाल कम ही थी, फिर भी पूरी निष्ठा से सेवा की। ऐसे उदाहरण देखने को कम ही मिलते हैं। पाना देवी ने उसकी पूर्ण मनोयोग से सेवा की। उस समय मुझे समझ आया कि मेरी पत्नी में मानवीय सेवा के कितने गुण मौजूद हैं।

□

जहाँ पर स्वभाव में मधुरता न हो, वहाँ पर पद-प्रतिष्ठा कोई मायने नहीं रखती और जिसका स्वभाव मीठा हो, उसे मान-सम्मान के लिए किसी पद-प्रतिष्ठा पर निर्भर नहीं रहना पड़ता। स्वभाव ही किसी आदमी की व्यक्तिगत पहचान है। प्रभाव से आप किसी को नहीं जीत सकते, अच्छे स्वभाव से सबको जीता का सकता है।

हस्तकला से सबका दिल जीता

हैंडीक्राफ्ट का काम करना पाना देवी ने बचपन में ही सीख लिया था, लेकिन जब विवाह के बाद किशमीदेसर आईं तो उनके इस हुनर की महत्ता का पता मुझे व्यक्तिगत रूप से तब चला, जब एक समय ऐसा आया कि मुझे स्कूल में दो रुपए की फीस भरनी थी और मेरे पास पैसे नहीं थे। घर में दादीजी ने साफ मना कर दिया कि पैसे नहीं हैं। पिताजी भी किसी काम से दो-तीन दिन के लिए कहीं बाहर गए हुए थे। माताजी के पास पैसों की व्यवस्था नहीं थी। ऐसी स्थिति में मेरी पत्नी आगे आईं और उन्होंने कहा कि मैं मणियों की माला बनाकर कल

बाजार में बेच दूँगी। मणियाँ बेचने से जो पैसा मिलेगा, उससे फीस भर देना। पाना देवी गंगाशहर बाजार से मणियाँ लाती है और रात्रि में चिमनी की रोशनी में माला तैयार करती है और दूसरे दिन माला गंगाशहर बाजार में बेच देती है, दो रुपए कमा लेती है और प्रातः 10 बजे से पहले मुझे दे देती है और मैं फोर्ट स्कूल, बीकानेर में प्रातः 11 बजे से पहले फीस जमा करा देता हूँ। मेरा स्कूल में नाम नहीं कटता है और स्कूल में रेगुलर पढ़ाई करता रहता हूँ। इस घटना ने मुझे आश्चर्यचकित कर दिया, किंतु मुझे महसूस हुआ कि चाहे सुख हो या दुःख, मेरी पत्नी हमेशा मेरा साथ निभाएगी, साथ ही यह भी अहसास हुआ कि कोई काम छोटा या बड़ा नहीं होता, बस सोच बड़ी होनी चाहिए और यही सोच पाना देवी की थी, जिन्होंने मणियाँ पिरोकर मेरी सहायता की और संकट की घड़ी से मुझे उबारा। मेरी आयु उस समय 15 वर्ष की थी तथा उनकी आयु भी इतनी ही थी। 15 साल की आयु में कोई महिला पत्नी के रूप में हो और उसका पति पैसों के अभाव में रहे तथा घर में भी पैसों की कोई व्यवस्था नहीं हो तो ऐसी परिस्थिति में उस अभाव को दूर करने के लिए कोई नई-नवेली दुलहन आगे आए और उसे दूर भी करे तो मेरे लिए यह विषय अचंभे से कम नहीं था।

वापस आने पर पिताजी ने पूछा कि फीस किसने भरी तो मैंने सारी बात बताई। यह बात पिताजी और परिवार को भी आश्चर्यजनक लगी। मणियाँ बाजार से लेकर माला बनाना तथा बेच देना, साथ ही अन्य बच्चियों को भी इस हस्तकला को सिखाना इनकी नियमित दिनचर्या का हिस्सा बन गया था, जिससे आसपास की बच्चियाँ इनसे जुड़ गई थीं। कभी घर में किसी बात को लेकर कोई खटपट होती थी तो बच्चियाँ इनका पूरा पक्ष लेती थीं। धीरे-धीरे इनमें कुछ ऐसे गुण नजर आने लगे, जो अन्य लोगों से इनको अलग करते थे तथा मोहल्ले में इनकी लोकप्रियता निरंतर बढ़ाने में मदद करते थे। यही कारण रहता था कि जब इनकी कोई

आलोचना करता था तो मोहल्ले की महिलाएँ इनकी आलोचना नहीं सुनती थीं और इनके पक्ष में जोरदार तरीके से खड़ी हो जाती थीं।

समय के साथ इनके हस्तशिल्प के काम में निखार आता गया। जब चूरू में कलेक्टर के रूप में मेरी पोस्टिंग हुई तो वहाँ अधिकारियों एवं उनकी पत्नियों का क्लब होता था और क्लब की प्राय: मीटिंग होती थी, जिसमें अधिकारियों की पत्नियाँ भाग लेती थीं। अधिकारियों की पत्नियाँ काफी शिक्षित और आधुनिक थीं, ऐसे में पाना देवी के हस्तशिल्प के कार्य ने सबका दिल जीता एवं सबके आकर्षण का केंद्र बनती गईं। जब कोई बड़े अधिकारी की पत्नी बहुत ज्यादा शिक्षित नहीं हो तो उसमें हीनभावना आना स्वाभाविक होता है, लेकिन पाना देवी हस्तशिल्प कैसे बुना जाता है तथा कैसे तैयार किया जाता है, उसका राजस्थानी में वर्णन करके सबको समझाने का दायित्व पूरा करती थीं तथा नेतृत्व के गुण का भी अहसास करवा देती थीं। यह विलक्षण क्षमता प्रकृति ने इनको प्रदान की है।

वर्ष 2009 में जब मैं संसद् पहुँचा तो उस समय श्रीमती सुषमा स्वराजजी ने महिला सांसदों व सांसदों की पत्नियों हेतु 'कमल सखी

मंच' नाम से एक कार्यक्रम की शुरुआत की। संसद् सत्र के समय किसी भी सांसद या महिला सांसद के घर पर कार्यक्रम का आयोजन होने लगा, जिसमें विभिन्न तरह की प्रतियोगिताएँ, वाद-विवाद व किसी विषय पर गोष्ठी आदि होती थी।

पाना देवी की इस कार्यक्रम के प्रति रुचि अत्यधिक बढ़ गई थी, जिसका मुख्य कारण था—सुषमा स्वराजजी, स्मृति ईरानीजी, हेमा मालिनीजी तथा लालकृष्ण आडवाणीजी का कार्यक्रम में आगमन। इस

कार्यक्रम के लिए पाना देवी को इंतजार रहता है। वे कई दिनों पहले ही मणियों की माला, झालर व अन्य तरह की वस्तुओं को तैयार करने के कार्य में जुट जाती हैं। कार्यक्रम में अपने हाथों से उस वस्तु को प्रदान करती हैं।

पाना देवी के अलावा इस कार्यक्रम में कोई भी ऐसा नहीं होता है, जो इस तरह के हुनर को जानता हो। अपनी इस कला से पाना देवी ने सबका दिल जीत लिया। सभी लोग अब पाना देवी को नाम से ही संबोधित करते हैं। आज मैं जिस भी कार्यक्रम में जाता हूँ तो केंद्रीय मंत्रियों व सांसदों की पत्नियाँ पूछती हैं कि आप अकेले कैसे आए, भाभीजी कहाँ हैं। सुषमाजी, सुमित्रा महाजनजी, नीलम रूडीजी, स्मृति ईरानीजी, किरण खेरजी तथा अन्य ने अनेक जगहों पर पाना देवी की इस कला का जिक्र किया है। सबके घर में पाना देवी की यह छाप आज भी मौजूद है, जिसको मैंने खुद देखा है। जब भी मैं किसी केंद्रीय मंत्री अथवा सांसद के घर जाता हूँ तो घर की चौखट पर झालर नजर आती है या माला दिखती है। डाइनिंग टेबल पर भी कुछ-न-कुछ नजर आ ही जाता है। कुल मिलाकर मैं यह कह सकता हूँ कि अपनी इस कला

के माध्यम से पाना देवी ने अपने लिए तो एक अलग स्थान बनाया ही है, साथ ही मेरा मान-सम्मान भी बढ़ाया है, मुझे इस बात पर गर्व है।

आज भी घर पर जो मेहमान भोजन के लिए आते हैं या बाहर से आते हैं तो पाना देवी उनको भेंटस्वरूप अपनी मेहनत से बनाई हुई वस्तु प्रदान करती हैं, जिसको देखकर कोई भी अभिभूत हुए बिना नहीं रह सकता है; वह मेहमान फिर कई जगह इस बात की चर्चा करता है। कुछ पत्रकार भी इस कला को देखकर हैरान होते हैं और उन्होंने कई बार पाना देवी का साक्षात्कार लिया है। पाना देवी की सरलता का अंदाजा इसी बात से लगाया जा सकता है कि केंद्रीय मंत्री की पत्नी होने के बावजूद भी इन्होंने अपनी इस कला को नहीं छोड़ा तथा नियमित रूप से मणियों को पिरोने का काम करती हैं तथा अलग-अलग डिजाइन की वस्तुएँ बनाकर व उन्हें प्रदान कर बहुत प्रसन्न होती हैं।

□

हमारी उपलब्धियों में दूसरों का भी योगदान होता है, क्योंकि समंदर में भले ही पानी अपार होता है, पर सच तो यही है कि वह नदियों का उधार होता है।

भावना मेघवाल मेमोरियल ट्रस्ट के रूप में सेवा का कार्य

28 जनवरी, 1998 के दिन भावना के असामयिक निधन की घटना ने हम सबको हिलाकर रख दिया था। भावना हमारी तीसरी संतान थी और उस समय कनोड़िया कॉलेज, जयपुर में बी.ए. फाइनल में अध्ययनरत थी। भावना का अचानक निधन होना और किशमीदेसर में अनेक लोगों का बैठने आना तथा उनके द्वारा यह समझाना कि आपकी अन्य पुत्रियाँ भी हैं, अतः अब भावना को भूलना होगा। मैं भावना को भुला नहीं पाया और कुछ ऐसी यात्राएँ, जो उसके जोर देने के कारण मेरे द्वारा की गई थीं, उनकी याद जब बार-बार आने लगी

तो भावना की याद को जिंदा रखने के लिए मेरे मन में विचार आया कि कोई ऐसा कार्य किया जाए, जिससे भावना सदैव के लिए अमर हो जाए। इसी सोच को आगे बढ़ाते हुए 'भावना मेघवाल मेमोरियल ट्रस्ट' की स्थापना की, जिसमें भावना के नाम से कुछ लोककल्याण के कार्य संपादित किए जाने लगे। इस ट्रस्ट की प्रधान ट्रस्टी के रूप में पाना देवी ही कार्य कर रही हैं। वर्ष 1999 से प्रत्येक 28 जनवरी को ट्रस्ट द्वारा कार्यक्रम आयोजित किया जाता है। प्रारंभ में मेडिकल एवं इंजीनियरिंग की शिक्षा ग्रहण करने वाले, आर्थिक रूप से कमजोर एवं प्रतिभाशाली छात्र/छात्राओं को 5,000 रुपए की राशि सहायतार्थ प्रदान की जाती रही। ट्रस्ट द्वारा 200 से अधिक विधवा महिलाओं को सिलाई मशीन एवं कुछ राशि उपलब्ध करवाई जा चुकी है। इसके अलावा, अब तक लगभग 4,000 से अधिक प्रतिभाशाली छात्र/छात्राओं को सम्मानित किया जा चुका है। ट्रस्ट द्वारा 2006 से लगातार सामूहिक विवाह का आयोजन किया जा रहा है। अब तक 459 जोड़ों का विवाह संपन्न करवाया जा चुका है।

इस वर्ष 4 भावना अवार्ड के साथ 3 नए भावना अवार्ड और जोड़े गए हैं, इस प्रकार अब कुल 7 भावना अवार्ड दिए जाते हैं, जिसके अंतर्गत प्रत्येक पुरस्कार विजेता को 7 हजार की राशि व प्रशस्ति-पत्र प्रदान किया जाता है।

ट्रस्ट द्वारा समय-समय पर रक्तदान शिविर और कॅरियर चुनने के लिए सेमिनार भी आयोजित किए जाते हैं। कौन सा कॅरियर चुनें, इसके लिए मार्गदर्शिका पुस्तक का प्रकाशन भी करवाया जा चुका है। पाना देवी इस कार्यक्रम की सफलता के लिए कई दिनों पहले से ही पूरी लगन और निष्ठा से जुड़ जाती हैं। इस आयोजन में प्रतिवर्ष गणमान्य अतिथि एवं साधु-संतों का आगमन होता है और उनका मार्गदर्शन प्राप्त होता है।

भारत के पूर्व राष्ट्रपति व बिहार के तत्कालीन राज्यपाल श्री रामनाथ कोविंदजी, केंद्रीय मंत्री श्री नितिन गडकरीजी, राजस्थान की पूर्व मुख्यमंत्री श्रीमती वसुंधरा राजेजी, केंद्रीय मंत्री श्री गिरिराज सिंहजी, तत्कालीन केंद्रीय मंत्री श्री संतोष गंगवारजी, केंद्रीय मंत्री श्री श्रीपद येसो नाईकजी, केंद्रीय मंत्री श्री कृष्णपाल गुर्जरजी, केंद्रीय मंत्री श्री शांतनु ठाकुरजी, राजस्थान के पूर्व

उपमुख्यमंत्री श्री हरिशंकर भाभड़ाजी, राजस्थान के पूर्व वित्तमंत्री श्री माणक चंद सुराणाजी, राजस्थान के पूर्व मंत्री श्री खेमाराम मेघवालजी, परमहंस संत श्री महेश्वरानंदजी, अंध विद्यालय के संस्थापक श्री ब्रह्मदेवजी महाराज, बीकानेर लालेश्वर पीठ के महंत स्व. श्री संवित सोमगिरीजी महाराज, ब्रह्माचार्य स्वामी विजयानंदजी महाराज (उदासर धाम), स्वामी रामेश्वरानंद दाताश्री एवं कोलायत के श्री बंकनाथजी महाराज आदि महानुभावों ने इस कार्यक्रम में मुख्य अतिथि के रूप में भाग लेकर अपना मार्गदर्शन प्रदान किया है। इसके अतिरिक्त मोटिवेशनल स्पीकर श्री गौरव बिस्सा, मोटिवेशनल स्पीकर श्री नंदितेश निलय, मोटिवेशनल स्पीकर श्री एम.पी. पूनिया, मोटिवेशनल स्पीकर श्री के.आर. मेघवाल IRS भी अपने उद्बोधन से युवाओं को प्रेरित करते रहे हैं।

ट्रस्ट द्वारा कोविड काल में भी सरकार द्वारा जारी गाइडलाइंस की अनुपालना करते हुए इस कार्यक्रम का आयोजन किया गया, जिसमें केंद्रीय मंत्री श्रीमती स्मृति ईरानीजी व केंद्रीय मंत्री जनरल (रि.) श्री वी.के. सिंहजी ने वीडियो कॉन्फ्रेंसिंग के माध्यम से मुख्य अतिथि के रूप में भाग लिया व अपना मार्गदर्शन प्रदान किया।

ट्रस्ट द्वारा आयोजित इस कार्यक्रम में प्रतिवर्ष लगभग 25 से 30 हजार महिला, पुरुष व बच्चे भाग लेते हैं। इसी दिन इस कार्यक्रम में एक समसामयिक विषय पर संगोष्ठी का आयोजन किया जाता है। प्रत्येक वर्ष संगोष्ठी का विषय अलग होता है। अभी तक विभिन्न विषयों, यथा—घूँघट प्रथा, भ्रूण हत्या एवं शिक्षा के संबंध में संगोष्ठियाँ आयोजित की जा चुकी हैं। वर्ष 2023 को माननीय प्रधानमंत्री श्री नरेंद्र मोदीजी द्वारा भारत के आह्वान पर संयुक्त राष्ट्र संघ द्वारा 'इंटरनेशनल ईयर ऑफ मिलेट' के रूप में मनाने का निर्णय लिया गया है। अतः ट्रस्ट द्वारा इस वर्ष 'मोटा अनाज-सेहत का राज' विषय पर संगोष्ठी का आयोजन किया गया। इस संगोष्ठी में प्रतिवर्ष लगभग 50 से अधिक प्रतिभागी भाग लेते हैं, जिसमें युवा वर्ग को 80 प्रतिशत से अधिक स्थान मिलता है।

28 जनवरी, 2023 को आयोजित कार्यक्रम में केंद्रीय शिक्षा राज्यमंत्री, भारत सरकार श्री सुभाष सरकारजी मुख्य अतिथि के रूप में उपस्थित रहे और वर-वधू को आशीर्वाद दिया एवं अपने उद्बोधन से मार्गदर्शन प्रदान किया। इस आयोजन में 'अन्न श्री', अर्थात् मोटे अनाज से निर्मित भोजन ही खिलाया गया।

□

यदि खेत में बीज न डाला जाए तो
कुदरत उसे घास-फूस से भर देती है। उसी तरह से
यदि दिमाग में सकारात्मक विचार न भरा जाए तो
नकारात्मक विचार अपनी जगह बना ही लेते हैं।

असामान्य घटनाओं में भी धैर्य व हिम्मत बनाए रखना

कुछ घटनाएँ पाना देवी के जीवन में ऐसी हुईं, जिनसे विचलित हुआ जा सकता था, किंतु नहीं हुईं।

छोटे भाई प्रेमारामजी का निधन

वर्ष 1994 में होली के दूसरे दिन कैलाश बोहरा उद्योग प्रसार अधिकारी के माध्यम से सूचना मिली कि बीकानेर में आपके साले प्रेमारामजी धर्ट का सड़क दुर्घटना में असामयिक निधन हो गया है। मैं भी थोड़ा विचलित हुआ और एस.पी. ऑफिस बीकानेर से जानकारी प्राप्त की तो पता चला कि घटना सही है और कारण यह था कि होली वाले दिन ट्रकों को

रोकने के लिए उनकी ड्यूटी नाल पुलिस चौकी पर लगी हुई थी।

ड्यूटी के दौरान रात्रि के समय वे एक ट्रक को रोक रहे थे, किंतु नियति को कुछ और ही मंजूर था। उस समय ड्राइवर ने ट्रक नहीं रोका और संभवतः उनको चोट पहुँचाई और वह मौके से फरार हो गया। घायलावस्था में श्री प्रेमारामजी को काफी समय तक उपचार नहीं मिला। पुलिस को सूचना मिलने पर उनको पी.बी.एम. अस्पताल, बीकानेर पहुँचाया गया, जहाँ कुछ देर इलाज चलने के बाद उनकी मृत्यु हो गई। मुझे ऑफिस जाते हुए रास्ते में यह सूचना मिली और जब मैं वापस घर आया तथा पत्नी को कहा कि किसी जरूरी काम से बीकानेर चलना है। पाना देवी उस समय तो साथ चलने के लिए तैयार हो गई, लेकिन पूरे रास्ते पूछती रहीं कि आखिर हुआ क्या है? बार-बार पूछने के बावजूद मेरे द्वारा नहीं बताने पर इनको किसी अनहोनी का अंदेशा हुआ। बीकानेर के पास आते ही मैंने बताया कि प्रेमारामजी का एक्सीडेंट हो गया है और अस्पताल में भर्ती हैं। यह सुनकर पाना देवी को बड़ा दुःख पहुँचा, किंतु जब हम बीकानेर से सीधे उनके गाँव नाल की तरफ गए तो इनको पता चल गया कि कुछ अनहोनी हो गई है और मेरा भाई अब नहीं रहा। उसके बाद हम सीधे नाल स्थित घर गए। वहाँ सभी लोगों को देखकर उनको पता चल गया। इतने विकट हालात के बावजूद मुझे मेरी पत्नी की समझदारी व धैर्य की तारीफ करनी होगी कि रास्ते में दुर्घटना की जानकारी होने और नाल में आने पर हकीकत पता चलने के बाद भी इन्होंने हिम्मत नहीं हारी और परिवार की अधिकतर रोती-बिलखती महिलाओं को ढाढ़स और हिम्मत बँधाने का काम किया।

प्रेमारामजी मेरी पत्नी के सभी भाइयों में सबसे छोटे थे। छोटे भाई से प्रेम अधिक होता है और यह स्वाभाविक भी है। असल में दो कारणों से इनका लगाव प्रेमारामजी पर ज्यादा था। एक तो पहली बार जब हम किशमीदेसर से झुंझुनू आए तो मेरी पत्नी का किशमीदेसर और नाल से बाहर रहने का पहला ही अवसर था। उस समय प्रेमारामजी इनके साथ

आए थे और झुंझुनू में उन्होंने अपनी बहन की पूरी मदद की थी। घर को ठीक करवाना, सामान रखवाना व सभी सामानों को व्यवस्थित करना आदि। बच्चों की बेहतर परवरिश करने में भी वे अपनी बहन की मदद करते थे। उनके मन में हमेशा यह इच्छा रहती थी कि मेरी बहन आराम से रहे; उसे कोई तकलीफ न पहुँचे। कभी कुछ कमी देखते थे तो तुरंत मदद करने को आगे आते थे। इसके बाद मेरी जहाँ-जहाँ पोस्टिंग रही, प्रेमारामजी बहन की सहायतार्थ वहाँ पहुँच जाते थे।

जब मेरा श्रीगंगानगर से जयपुर स्थानांतरण हुआ तो जयपुर मेरे परिवार के लिए अनजान जगह जैसा ही था। उस समय प्रेमारामजी परिवार के साथ महीना भर रहे और पूरा घर व्यवस्थित करवाकर ही वापस बीकानेर लौटे थे। इससे यह सिद्ध होता है कि प्रेमारामजी का अपनी बहन के प्रति गहरा प्रेम और अपार स्नेह था। जब भी कोई कार्य होता था तो वे फौरन आते थे और सहयोग को तत्पर रहा करते थे। ऐसे भाई का इस दुनिया से हमेशा के लिए चले जाना बड़ी क्षति थी। इस घटना से इनके दिल को गहरी चोट पहुँची, लेकिन मुसीबत में पूरी हिम्मत से काम लेने की प्रवृत्ति ने पाना देवी को इन परिस्थितियों से बाहर निकाला, जिससे इन्होंने बाकी परिजनों का मनोबल भी गिरने नहीं दिया।

पुत्री भावना का निधन

28 जनवरी, 1998 के दिन हमारे परिवार में जो घटना घटित हुई, वह निश्चित रूप से विचलित करनेवाली थी। मुझे एवं पाना देवी को इस घटना ने हिलाकर रख दिया था, किंतु इन परिस्थितियों में भी मैंने अपनी पत्नी को सहज और पूरे मनोबल से काम करते हुए देखा। अपनी स्वयं की जवान पुत्री का निधन हो जाना और वह भी 22 वर्ष की आयु में, यह कोई छोटी घटना नहीं थी। निधन के बाद पार्थिव देह को अपेक्स हॉस्पिटल, मालवीय नगर, जयपुर से बजाज नगर स्थित घर ले जाना तथा

बजाज नगर, जयपुर से सारी रात बीकानेर तक का सफर पार्थिव देह के साथ करना। 29 जनवरी को भावना का अंतिम संस्कार बीकानेर में ही किया गया। इस विकट परिस्थिति में कैसे अपने मन को सँभाला होगा, इसका अंदाजा लगाना बड़ा मुश्किल है। कितने ही लोग किशमीदेसर मिलने के लिए आए तथा मेरी जहाँ-जहाँ नियुक्ति रही, वहाँ से भी लोगों का घर आना-जाना रहा। इन कठिन दिनों में पाना देवी का मन कभी-कभी बहुत खराब तो हो जाता था, किंतु मनोबल कभी नहीं गिरा। सभी को सँभालने के साथ-साथ बच्चों को सँभालना जारी रहा। यह इनकी विशेषता ही थी कि विपरीत हालात में अपने आपको सहज रखा। व्यक्ति को थोड़े उतार-चढ़ाव के बाद सहज हो ही जाना चाहिए, जिससे जीवन सुचारु रूप से चलता रहे, क्योंकि जीवन और मरण ईश्वर द्वारा निर्मित व्यवस्था की एक सतत प्रक्रिया है।

डूँगररामजी हटीला (नणदोई) का निधन

मेरी छोटी बहन शांति, जिनके पति का नाम श्री डूँगरराम हटीला था, बी.एस.एन.एल. कार्यालय, बीकानेर में नौकरी करते थे। दुर्भाग्य से उनको ब्लड कैंसर हो गया। ब्लड कैंसर की सूचना मिलने पर परिवार

में काफी तनाव रहने लगा। माताजी-पिताजी और बहन को भारी चिंता होने लगी। बीच-बीच में जब हम उनका खून बदलवाते थे तो डूँगररामजी ठीक हो जाते थे, लेकिन कुछ ही दिनों में फिर से प्लेटरेट कम हो जाती थी और खतरा बना रहता था। जब बाड़मेर में मेरी नियुक्ति थी तो एक बार डूँगररामजी ज्यादा ही बीमार हो गए और जयपुर में स्थित अस्पताल में भर्ती हुए। खून देने की जरूरत हुई तो मैंने खून भी दिया, लेकिन कुछ दिनों बाद मेरी बुआ के लड़के माँगीलाल से सूचना मिली कि डूँगररामजी नहीं रहे। यह जनवरी 1999 का समय था। इन परिस्थितियों में बहन के परिवार के लिए एक बड़ा झटका था। इस घटना से मेरी बहन को बहुत सदमा पहुँचा था। मेरे जीजाजी के छोटे भाई मलजी उस समय छोटी अवस्था में थे। बड़ी

बहन को एकदम से आघात लगा और साथ में बच्चे भी छोटे थे। उस समय मेरी पत्नी ने पाबूबारी (बहन का ससुराल) जाकर और वहाँ रहकर उनके मन एवं गिरते हुए मनोबल को मजबूत किया। बच्चों को हतोत्साहित नहीं होने दिया तथा उनको लगातार संबल दिया। ये सभी काम कोई भी कमजोर दिल वाली महिला नहीं कर सकती थी।

मेरे छोटे भाई अनिल का निधन

वर्ष 2015 में मेरे छोटे भाई अनिल का सड़क दुर्घटना में असामयिक निधन हो जाता है। यह घटना परिवार को हिला देनेवाली थी। पाना देवी का अनिल से स्वाभाविक लगाव था, जो सामान्यतया देवर-भाभी में होता है, लेकिन इन विकट दिनों में भी पाना देवी ने धैर्य से काम लिया। मेरे भाई की पत्नी उस समय अस्पताल में भर्ती थी तथा उसका ऑपरेशन हुआ था। ऐसे में उसको सँभालना कठिन कार्य था। पाना देवी ने उसको पूरी तरह हिम्मत एवं धैर्य प्रदान करने का कार्य किया।

हालाँकि परिवार में कई अन्य घटनाएँ भी घटीं, किंतु ये चार घटनाएँ काफी ज्यादा विचलित करनेवाली थीं। मेरी पत्नी विचलित हुई भी, किंतु दृढ़ और मजबूत भी बनी रहीं और उन परिस्थितियों का सामना पूरी हिम्मत एवं साहस के साथ किया। मैं पूरे विश्वास से कह सकता हूँ कि ये विशेषताएँ ऐसी हैं, जो मेरी पत्नी को अन्य महिलाओं से बिल्कुल अलग करती हैं।

वर्ष 1981 में हमारे घर में थोड़े अंतराल पर ही दो दुःखद घटनाएँ घटित होती हैं। पहले मेरी दादीजी का निधन होता है और दो महीने के अंतराल पर ही दादाजी का भी निधन हो जाता है। मैं उस समय टेलीफोन एक्सचेंज में ही टेलीफोन ऑपरेटर के पद पर कार्यरत था। घर पर संवेदना व्यक्त करने हेतु मिलने के लिए आनेवाले लोगों की संख्या अधिक होती थी। गाँव की अन्य महिलाओं का कार्य तो घर आकर दुःख में सम्मिलित

होना था। मिलने हेतु आनेवाली कुछ महिलाएँ ऐसी थीं, जो मेरे साथी मित्रों की पत्नियाँ और अन्य थीं, जो पाना देवी के लिए परिचित भी नहीं थीं, ऐसी स्थिति में पाना देवी का कार्य उनके साथ बैठना एवं उनसे बात करना होता था, वह भी बिना परिचय के। यह उनकी सहज मनोवृत्ति का परिणाम था कि मेरे परिचित आनेवालों को वे ठीक से सँभाल लेती थीं, साथ में गाँव व रिश्तेदारों को भी सँभाल लेती थीं। अपरिचित से भी बात कर लेना और महसूस न होने देना, यह पाना देवी का स्वाभाविक गुण है, जिसकी अनुभूति इस दौरान मुझे भी हुई और परिवार के अन्य सदस्यों को भी हुई।

दादाजी एवं दादीजी का व्यापक सामाजिक प्रभाव एवं संपर्क होने के कारण घर पर बहुत से लोगों का आना-जाना व ठहरना हुआ, किंतु सबके लिए भोजन व सोने की ठीक से व्यवस्था करना उनके लिए सामान्य रहा। सबकी खूब सेवा की। मेरी बुआ का लड़का माँगीलाल इन व्यवस्थाओं में पत्नी के साथ ही रहा। देवर-भाभी में यहीं से प्रेम की भावना बढ़ती गई। इसके अलावा बुआ का बेटा दुर्गादत्त और घनश्याम ने भी कार्य में पाना देवी का हाथ बँटाया। उन दिनों रात्रि को एक बजे तक जागरण होता था, जिसमें रिश्तेदार व आस-पड़ोस के कुछ लोग होते थे। जागरण के बाद सभी लोग साथ ही भोजन करते थे। इस तरह इन सब कार्यों के बाद रात्रि विश्राम में लगभग दो-तीन बज जाते थे और फिर प्रात: पाँच बजे उठना होता था।

वर्ष 1984 में जब पाना देवी के पिताजी का उनके पीहर नाल गाँव में देहांत हुआ तो उनका अंतिम संस्कार नाल में ही किया गया। उस समय पाना देवी काफी विचलित हुईं और इनको कमजोरी भी महसूस हुई। पिताजी के जाने के सामाचार ने इनको काफी विचलित किया। पिता की हमेशा से ही लाड़ली रहीं और बहुत-कुछ पिता से सीखा भी था इन्होंने। शरीर में छोटी-मोटी चोट व घाव को ठीक करने के तरीके इन्होंने अपनी माताजी से सीखे थे, जिनको आज तक ये अपने जीवन में अपना रही हैं।

वर्ष 1985 से 89 के मध्य जब मैं झुंझुनू में पदस्थापित था तो उस समय हम झुंझुनू के तीन नंबर रोड स्थित किराए के मकान में रहते थे। इसी दौरान एक दिन पाना देवी के साथ एक दुर्घटना घटित हो जाती है। दरअसल जिस मकान में हम रहते थे, उसके एक भाग में लोहे के बक्से और अलमारी बनाने का कारखाना था एवं उसी परिसर में मशीनरी भी स्थापित थी। एक दिन उस मकान में स्थापित कटिंग मशीन को कोई और कारीगर चला रहा था, तभी पाना देवी का हाथ उस मशीन में आ जाता है, जिससे उनके हाथ की एक उँगली कट जाती है। झुंझुनू का वह कालखंड ऐसा था, जब रोटी भी चूल्हे पर बनानी पड़ती थी और मिलनेवालों की संख्या काफी अधिक रहती थी, ऐसे में किसी महिला की उँगली कट जाना बहुत ही कष्टकारी एवं पीड़ादायक था। ऐसी स्थिति में कोई भी सामान्य महिला निराश व हताश हो सकती थी। लेकिन पाना देवी ने धैर्य नहीं खोया और देशी इलाज से पट्टी बाँध अपना इलाज किया। जब मैं घर वापस आया तो देखा कि चोट काफी थी, मैं तुरंत उनको अस्पताल लेकर गया और पट्टी करवाई, टिटनेस का इंजेक्शन लगवाया। डॉक्टर घटना को देखकर एवं उससे भी ज्यादा पाना देवी के धैर्य एवं साहस को देखकर अचंभित था। घटना और दुर्घटना कभी किसी के भी साथ घट सकती है, शरीर को चोट भी लग सकती है, लेकिन पाना देवी के साथ घटित घटना यह संदेश देती है कि जीवन में धैर्य कभी नहीं खोना चाहिए।

पाना देवी की माताजी का निधन 1992 में हुआ था। इसके बाद मेरे माता-पिता का निधन वर्ष 2014 में दो-तीन महीने के अंतराल में ही हो जाता है। माताजी के निधन के समय चुनाव की प्रक्रिया चल रही थी। घर में लोगों का बड़ी मात्रा में आना-जाना व बाहर चुनावी माहौल होते हुए भी पाना देवी ने व्यवस्थाओं को सुचारु रूप से सँभाला तथा कोई कमी नहीं आने दी। पिताजी के निधन के समय मैं दूसरी बार सांसद के रूप में चुना गया था। ऐसे में काफी संख्या में लोगों का जमावड़ा घर में रहा।

पाना देवी ने इस परिस्थिति में धैर्य से कार्य किया, जो इनके कठिन परिश्रम की भावना को दर्शाता है।

2014 का वर्ष हमारे घर में पुन: दो दुखद घटनाओं वाला रहा। 14 अप्रैल, 2014 को पहले मेरी माताजी की मृत्यु हुई एवं 26 जून, 2014 को मेरे पिताजी का भी निधन हो गया। माताजी के निधन के समय लोकसभा चुनाव भी चल रहा था और चुनाव में मेरा प्रचार भी जोर-शोर से चल रहा था। चुनाव के तीन दिनों में हजारों की संख्या में लोग घर पर मिलने के लिए आए और परिवार को ढाढ़स बँधाया। चुनावी व्यस्तता के कारण जिन लोगों से मेरा मिलना संभव नहीं हो सका, उनसे मिलने का कार्य पाना देवी ने बड़े ही धैर्य एवं मनोबल के साथ किया। इसके बाद जब मैं दूसरी बार सांसद बन गया था, कुछ ही दिनों के बाद पिताजी का निधन हो जाता है, तब भी घर पर संवेदना व्यक्त करने हेतु हजारों की संख्या में लोगों का आना होता था। वर्ष 1981 में पाना देवी ने जिस धैर्य व साहस का परिचय दिया था, वर्ष 2014 में भी उनके उस स्वभाव में कोई अंतर नहीं आया, उसी प्रकार उन्होंने स्थिति को सँभाला, जबकि सामान्य रूप से देखा जाता है कि किसी महिला के पति के द्वारा इतनी तरक्की करने पर उनके स्वभाव में अंतर आ जाता है और अहंकार भी प्रवेश कर जाता है। पाना देवी में इस तरह के कोई भाव नहीं आना उनकी सहज मनोवृत्ति को दर्शाता है। कई बार मुँह पर किसी बात को कह देना, उनके सामान्य स्वभाव की मनोवृत्ति को दर्शाता है।

□

बहुत मुश्किल है, उस शख्स को गिराना, जिसे चलना ही ठोकरों ने सिखाया हो।

पाना देवी के साथ की गई कुछ प्रमुख यात्राओं का विवरण

हैदराबाद ट्रेनिंग के समय की यात्रा

वर्ष 1987 के समय मैं झुंझुनू में असिस्टेंट डायरेक्टर के पद पर जिला उद्योग केंद्र में कार्यरत था। उस समय हैदराबाद में 15 दिन की ट्रेनिंग का कार्यक्रम आया। कार्यक्रम का नाम था—'Laboratory For The Development of Executives.' जिसमें बैंक व अन्य विभागों के अधिकारी भी सम्मिलित थे। किसी ने मुझे सलाह दी कि आपको पत्नी के साथ यह यात्रा करनी चाहिए, मैंने भी सोचा कि इतनी दूर की यात्रा में काफी चर्चा हो जाएगी एवं साथ रहने का अवसर मिल जाएगा, इसलिए मुझे यह सुझाव पसंद आया। फिर झुंझुनू से दिल्ली और दिल्ली से आंध्र प्रदेश एक्सप्रेस में हैदराबाद की तीन दिन की यात्रा रही। हैदराबाद में NISIET के गेस्ट हाउस, यूसुफगौड़ा में ठहरना हुआ। इस ट्रेनिंग में कुल 50 प्रतिभागी सम्मिलित थे, जिसमें मुझ सहित 5 अन्य लोग सपत्नीक आए थे। अन्य प्रतिभागियों की पत्नियाँ बहुत आधुनिक विचारों की थीं। ट्रेनिंग के बाद सभी एक जगह बैठते थे और आपस में बातचीत करते थे। कुछ मेरी पत्नी से भी बात करना चाहते थे, लेकिन बात नहीं हो पाती थी, जिसकी मुख्य वजह हिंदी और अंग्रेजी का अभ्यास नहीं होना था। वे लोग मुझसे

पूछते थे कि आपकी पत्नी पढ़ी-लिखी नहीं हैं क्या ? तो मुझे लगा कि इनमें हीनभावना नहीं आए और 15 दिन यहीं रहना है तो मैंने कह दिया कि मेरी पत्नी M.Sc. Agriculture है।

इस पर उनका जवाब था कि वे अपने आपस के वार्त्तालाप में भाग क्यों नहीं लेती हैं तो मैंने कहा कि जब तक राजस्थानी भाषा को संविधान की आठवीं अनुसूची में केंद्र सरकार से मान्यता नहीं मिल जाती है, तब तक मेरी पत्नी ने कसम खाई है कि न तो हिंदी और न ही अंग्रेजी में बोलूँगी। यह बात 15 दिनों तक जारी रही, क्योंकि राजस्थानी जाननेवाला उनमें से कोई नहीं था। फिर एक समस्या और हुई, जो इनको भोजन के समय आती थी। सुबह का नाश्ता और शाम का भोजन तो हम साथ ही करते थे, लेकिन दोपहर का भोजन इनको अकेले ही मैस में जाकर करना होता था। मैस की महिला सुपरवाइजर तेलुगु-भाषी थी। अच्छे स्वभाव के कारण उसकी मेरी पत्नी से दोस्ती हो गई। दोनों में इशारों में ही वार्त्ता हो जाती थी, क्योंकि उसको भी अंग्रेजी और हिंदी भाषा नहीं आती थी। मुझे लगता है कि इनकी इतने दिनों की स्वयं व मेरे साथ भी यह प्रथम यात्रा रही। ट्रेनिंग इंस्टीट्यूट, मैस, संस्था, कार्यक्रम, पर्यटन स्थल पहली बार

ही देखे थे, लेकिन इन सबका हमने आनंद लिया। जब कुछ बात करनी होती थी तो राजस्थानी में ही करती थीं, चाहे किसी को समझ आए या न आए। यह इनके आत्मविश्वास को दर्शाता है। इस घटना के माध्यम से मैं युवा पीढ़ी को यह संदेश देना चाहता हूँ कि महिला साक्षर ही क्यों न हो, लेकिन यदि वह गुणवान है तो किसी भी परिस्थिति को झेल सकती है, जो असल में महिला का स्वभाव होना चाहिए। मेरी पत्नी में यह गुण सर्वाधिक कूट-कूटकर भरा हुआ है, जिस पर मुझे हमेशा गर्व होता है।

□

द्रास (जम्मू-कश्मीर) की यात्रा

वर्ष 2005 में मेरे दामाद के.आर. चौहान, जो बी.आर.ओ. में सहायक कार्यपालक अभियंता थे, उनकी नियुक्ति द्रास में थी। द्रास क्षेत्र में रहन-सहन किस तरह का होता है, यह बताने की आवश्यकता नहीं है। इसलिए पाना देवी की इच्छा हुई कि बेटी-दामाद मौसम की भीषण प्रतिकूलताओं के साथ किन परिस्थितियों में रहते हैं, यह देखा जाए, इसलिए जम्मू से सड़क मार्ग द्वारा श्रीनगर गए और श्रीनगर से द्रास तक की यात्रा पूरी की, जो वास्तव में कठिनाई भरी थी। सड़क मार्ग से ही अंदाजा लगाया जा सकता था कि बेटी-दामाद किन परिस्थितियों में रह रहे हैं।

दरअसल एक माँ के लिए यह स्वीकार करना बड़ा मुश्किल होता है कि उसकी बच्ची इतनी दूर रहे और महीनों-महीनों तक मिलना भी नहीं हो तो यही देखने की लालसा थी कि बेटी किन हालातों में कैसे रह रही है! द्रास पहुँचने पर सबसे पहले वहाँ रहने की व्यवस्था, तापमान और अन्य गतिविधियों को देखा। बहुत अच्छी और विशेष व्यवस्था तो नहीं थी द्रास में, किंतु फिर भी सबकुछ देखकर यही कहा कि कोई बात नहीं, यहाँ भी तो लोग रहते ही हैं। थोड़े अभाव हों तो क्या फर्क पड़ता है। धीरे-धीरे सब ठीक हो जाता है। इस तरह की सोच को देखकर अंदाजा लगाया जा सकता है कि पाना देवी का मनोबल कितना मजबूत था। बेटी के विकट परिस्थितियों में रहने के बाद भी उसको चिंतामुक्त किया तथा उसका मनोबल बढ़ाने का कार्य किया।

अमरनाथ की यात्रा

वर्ष 2006 में पुनः द्रास जाने का कार्यक्रम बना। द्रास पहुँचने पर पता चला कि अमरनाथ यात्रा आरंभ हो गई है और श्रद्धालु आने लग गए हैं। तो मन में अचानक इच्छा उत्पन्न हो गई और अमरनाथ जाने का

कार्यक्रम बन गया। अमरनाथ यात्रा को आध्यात्मिकता एवं साहस का प्रतीक माना जाता है। हमने द्रास से अमरनाथ की यात्रा शुरू कर दी। मेरे दामाद कृष्णजी इस यात्रा में मेरे साथ थे। सँकरी पगडंडी पर चलना और वह भी घोड़े पर। थोड़ा सा संतुलन बिगड़ने पर कुछ भी अनहोनी हो सकती थी तथा घोड़े सहित नीचे गिर जाने का पूरा-पूरा डर था। इन परिस्थितियों में हम सबने बड़ी सावधानी और सुगमता से यात्रा की। पाना देवी का हौसला उस समय भी नहीं डगमगाया और यही कहा, "सबके आने और जाने का समय निश्चित है, इसलिए डरने की कोई जरूरत नहीं है। भगवान् सबकुछ अच्छा ही करता है।" इनकी इन्हीं बातों से हम सबको संबल मिला और डर को दूर करने में मदद मिली। मैं फिर भी सबको लगातार सावधान करता रहता था। एक बार तो मैं स्वयं जहाँ नाश्ता कर रहे थे, घोड़े से गिर गया था, किंतु पूरी यात्रा में पाना देवी का मन बहुत ही मजबूत रहा। जैसे-तैसे हम अमरनाथ पहुँच गए और बाबा बर्फानी के दर्शन किए, जिससे मन को बहुत शांति मिली।

अमरनाथ के दर्शन के बाद हमने रात्रि विश्राम अमरनाथ में ही किया। जमी हुई बर्फ के ऊपर ही बिस्तर लगाकर ठहरना होता है। ठंड का कोई हिसाब नहीं था। उसी समय माइक के माध्यम से सूचना मिली कि हमारे साथ एक अधिकारी श्री धीरज कुमार गए थे, वे कहीं खो गए हैं। वे सीमा सड़क संगठन यानी बी.आर.ओ. के ही अधिकारी थे। वैसे रेडियो से भी उद्घोषणा होने लगी कि वे जहाँ कहीं भी हों, तुरंत कंट्रोल रूम से संपर्क करें। इधर बारिश शुरू हो गई और जमकर बारिश हुई, इसलिए टेलीफोन संपर्क भी 8-10 घंटे के लिए कट गए थे। उस अधिकरी की पत्नी श्रीमती निवेदिता जहाँ की रहनेवाली थी, वहाँ सूचना पहुँची कि उनके पति खो गए हैं, तो तनाव और बढ़ गया; इस तनाव के बीच हम अमरनाथ में ही रुके रहे। इधर बारिश भी रुकने का नाम नहीं ले रही थी। उस अफसर की पत्नी बहुत विचलित एवं परेशान थी तथा पानी

से बहुत भीग गई थी। कुछ ही देर में हल्ला काफी बढ़ गया था, किंतु भगवान् की कृपा से कुछ घंटों बाद ही बी.आर.ओ. के अफसर मिल गए। अफसर की पत्नी का रो-रोकर बुरा हाल हो गया था तथा उसके कपड़े पूरी तरह गीले हो गए थे।

महिला को अपने कपड़े बदलने थे, क्योंकि सर्दी, बरसात और हवा इतनी तीखी थी कि वह बीमार पड़ जाती। ऐसे में पाना देवी ने एक नायाब तरीका ढूँढ़ा और कंबल को दीवार की तरह बनाया, जिसको एक तरफ से मैंने पकड़ा और दूसरी ओर से उन्होंने। इसके बाद पाना देवी ने उसको पहनने के लिए कपड़े दिए, किंतु ठंड के मारे उसकी कँपकँपी दूर नहीं हुई। इन सारे हालात में पाना देवी ने उस महिला के धैर्य को कम नहीं होने दिया और जब तक वह सामान्य नहीं हो गई, वहीं रुकी रही। उक्त घटनाक्रम ने मेरे मन को पूरी तरह से विचलित कर दिया था, किंतु पाना देवी बिल्कुल विचलित नहीं हुईं। हम वापस अमरनाथ से द्रास के लिए रवाना हुए। वहाँ तक सूचना के कोई साधन नहीं थे, संचार की सुविधाएँ अस्त-व्यस्त हो गई थीं। द्रास में पहुँचने पर सभी लोग लाइन से खड़े थे और उनकी गिनती की जा रही थी तो पता चला कि सभी ठीक और सुरक्षित वापस आ गए हैं, इस सबके बाद ही बी.आर.ओ. व अन्य लोगों की जान में जान आई। दो-तीन दिन तक इसी घटनाक्रम की चर्चा होती रही। वापस जयपुर आने पर भी इसी विषय पर चर्चा चलती रही, किंतु यह यात्रा बहुत मार्मिक, साहसिक और प्रकृति के काफी नजदीक से दर्शन करानेवाली थी। मेरे मन में इस बात का संतोष था। पाना देवी का मजबूत और सहज रहना जो सबल और मजबूत व्यक्तित्व का गुण है, जो मुझे इस यात्रा में दिखाई दिया।

□

हांगकांग में छोटे बेटे नवीन के यहाँ यात्रा

वर्ष 2012 में पाना देवी के मन में इच्छा हुई कि हमें हांगकांग जाकर नवीन किन हालातों में रह रहा है, यह देखना चाहिए। उन दिनों अर्थव्यवस्था में मंदी के समाचार हांगकांग से मिल रहे थे। हमने पाँच दिन का हांगकांग का कार्यक्रम बनाया और वहाँ पहुँचे। पाँच दिनों तक नवीन जिस किराए के मकान में रहता है, वहीं ठहरने की व्यवस्था हुई। नवीन वहाँ 'आनंदम योग' नामक संस्था चलाता है, जिसका हमने अवलोकन किया। नवीन द्वारा संचालित सारी गतिविधियों को करीब से देखा तथा वहाँ आनेवाले प्रतिभागियों से वार्त्ता की। नवीन के दोस्तों से उनके जीवन के बारे में चर्चा की। नवीन के साथ पूरे हांगकांग की समुद्री व पहाड़ी यात्रा की गई। सबके बाद हम दोनों को संतोष हुआ कि नवीन प्रगति के रास्ते पर ही है और इसी भाव को मैं पाना देवी के मन में उतारने

में सफल रहा, क्योंकि जब किसी चीज को प्रत्यक्ष आँखों से देख लिया जाता है तो मन का विश्वास और मजबूत हो जाता है। पाना देवी की यह प्रथम विदेश यात्रा थी।

अलोंग, अरुणाचल प्रदेश की यात्रा

नॉर्थ-ईस्ट की यह पाना देवी की पहली यात्रा थी। इस समय मेरे दामाद श्री के.आर. चौहान वहाँ कार्यरत थे। पाना देवी की यह इच्छा हुई कि बेटी वहाँ किन परिस्थितियों में रह रही है, वह देखने जाना चाहिए। बीच-बीच में नदी मार्ग को हमने नाव के माध्यम से पार किया। एक बार अलोंग से ईटानगर हम हेलीकॉप्टर से आए तो मौसम खराब होने के कारण हेलीकॉप्टर ने बहुत हिचकोले खाए, जिससे अंदर बैठे यात्री, जिनमें सेना के कुछ लोग भी थे, डर गए थे। उस समय पाना देवी ने सबको कहा कि जो भगवान् की इच्छा होगी, वही होगा, डरने से क्या होगा। इसलिए मजबूत इच्छाशक्ति से रहो, सब अच्छा होगा। यह यात्रा बड़ी डरावनी थी, किंतु फिर भी पाना देवी ने हिम्मत नहीं हारी और हौसला बनाए रखा।

लेह-लद्दाख की यात्रा

जब लेह की यात्रा की थी, तब कृष्णजी जम्मू में नियुक्त थे। लेह में उन दिनों बहुत ठंडी हवाएँ चल रही थीं। नए यात्रियों को ऑक्सीजन की तकलीफ हो जाती है। लेह में हम तीन दिन रुके। ऐसी ठंडी हवाओं के बीच मुझे भी जुकाम ने जकड़ लिया और पाना देवी को भी जुकाम हो गया, लेकिन सर्दी-जुकाम के बावजूद पाना देवी ने इस यात्रा का पूरा आनंद लिया। नानकदेवजी का पत्थर वाला स्थान और गुरुद्वारा देखकर जब हम वहाँ कुछ देर बैठे तो वह क्षण आध्यात्मिकता की दृष्टि से बहुत महत्त्वपूर्ण रहे, ऐसा मैं कह सकता हूँ।

□

गोचर, उत्तराखंड की यात्रा

वर्ष 2015 में होली का त्योहार बीकानेर में नहीं मनाना था, इसलिए गोचर, उत्तराखंड यात्रा पर हम चल पड़े। उस समय मेरे दामाद कृष्णजी गोचर, उत्तराखंड में कार्यरत थे। ऋषिकेश में ठहरने के बाद जोशीमठ की यात्रा सड़क मार्ग द्वारा की गई। यह प्राकृतिक सौंदर्य से ओतप्रोत यात्रा थी। इस यात्रा के माध्यम से प्रकृति के विभिन्न रूपों को नजदीक से देखने-समझने का अवसर मिला। इससे पाना देवी को भी व्यक्तित्व के विकास में एक पड़ाव मिला।

□

उपसंहार

दांपत्य जीवन के 50 साल के सफर की कहानी का यह अंत नहीं, वरन् भावी पीढ़ी के लिए सीखने की शुरुआत है। पाठक इस पुस्तक को पढ़कर जीवन के तनाव को कम कर सकते हैं और दांपत्य जीवन को सुखमय बना सकते हैं। तनाव जीवन में आवश्यक भी है और तनाव रिलीज करने की तकनीक को जानना भी जीवन में अति आवश्यक है। तनाव लंबे समय तक रहने पर व्यक्ति तनावग्रस्त हो सकता है, इसलिए शरीर, मन, बुद्धि और आत्मा को एक लय में रखकर व्यक्ति यदि चिंतन-मनन और मंथन की प्रक्रिया की ओर अग्रसर होता है तो वह 'अपने आपको जानो' (Know Yourself) की ओर कदम बढ़ाता है और वह सुखी जीवन जीने के मार्ग पर चलना भी सीखता है। मेरा पुस्तक लिखने का और कोई उद्देश्य नहीं है, केवल एकमात्र उद्देश्य भारत में 'हैप्पीनेस इंडेंक्स' में सुधार करना है, साथ ही भावी पीढ़ी को दांपत्य जीवन जीने की सही दिशा दिखाना है।

□□□

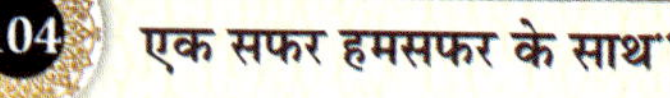